イプセン編01

野鴨

目次

野鴨（五つの場面のドラマ）

登場人物

豪商ヴェルレ　製材所の経営者で、町の有力者
グレーゲルス・ヴェルレ　その息子
エクダル老人　破綻してしまった元軍人
ヤルマール・エクダル　その息子でグレーゲルスの幼友達
ギーナ　ヤルマールの妻
ヘドヴィック　ヤルマールとギーナの娘、十三歳
セルビー夫人　ヴェルレ家の家政婦（執事）
レリング　医師
ペテルセン　ヴェルレ家の使用人

場所
第一場はヴェルレの家、それに続く第四場は写真家のエクダルの家

第一場（一日目　夜）

（豪商ヴェルレの家。
　扉を叩く音が聞こえる。
　召使のペテルセン、扉を開くと、エクダル老人が亡霊のように現れる）

ペテルセン　なんだ、あんたか、一体何の用だ？
エクダル老人　事務所に用が・・・
ペテルセン　事務所はもう一時間も前に閉まってるよ。
エクダル老人　でもやらなくちゃいけないことがあるんで・・・
ペテルセン　やらなきゃいけないことがね。まあ、いいか、こっちから入って、向こうから出る。今日はお客さんがたくさんいらしてる。お前がうろうろしているのを、旦那は人に見られるのを喜ばない。
エクダル老人　わかってるよ、親方、昔なじみじゃないか、いつもすまないね。

（つぶやく）このくそったれが！

（エクダル老人は口の中でぶつぶつ言いながら去る。

セルビー夫人が現れる）

セルビー夫人　お客様のために、コーヒーをお出しして。

ペテルセン　かしこまりました。

（セルビー夫人はいなくなる。

ヴェルレが現れる。

続いて、グレーゲルスとヤルマールが現れる）

ヴェルレ　誰も気がつかなかったようだな、グレーゲルス。

グレーゲルス　気がつくって、何をです？

ヴェルレ　お前も気がつかなかったのか？

グレーゲルス　だから何をです？
ヴェルレ　十三人いた。
グレーゲルス　十三人？
ヴェルレ　十三人だよ、テーブルについたのが。
グレーゲルス　そうなんですか。
ヴェルレ　家ではいつも、客の数は十二人ということになっておる。つまり一人、わしが呼ばない客が紛れ込んでいたというわけだ。

（ヴェルレが消え、ヤルマールとグレーゲルスの二人が残される）

ヤルマール　十三番目の招かれざる客というのは、どうもぼくのようだね。どうしてぼくなんか呼んだんだい。
グレーゲルス　今日はぼくのためのパーティーだ。ぼくのお客が一人いたって構わないじゃないか。
ヤルマール　ぼくにはあんまりここに来て欲しくないいんじゃないかな。ほら、オヤジのことがあったから。君のお父さんだってすんでのところで巻き込まれるところだったからね、あの忌まわしい事件にさ。

グレーゲルス　お父さん、今、どうしてる。

ヤルマール　ぼくと暮らしてるよ、ほかに仕様がないじゃないか、あの惨めなオヤジは。でも、その話はよそうよ。とにかくうれしいよ、今日ぼくを呼んでくれて。君はあれからずっと山の工場？

グレーゲルス　そう、山で一人静かに、瞑想にふけってた。

ヤルマール　瞑想ね、それはいい。

グレーゲルス　あっという間に十七年。

ヤルマール　もうそんなになるか。

グレーゲルス　どうして手紙をくれなかったんだ、ぼくの方では出したのに・・・あ、そうか、オヤジか、オヤジの差し金か・・・オヤジはなんにもぼくの耳に入れたくなかった。

ヤルマール　何も知らせるな、知らせていいことはなにもない。

グレーゲルス　まあ、そうかもしれない。なるほど。それで、今はどうなんだ？

ヤルマール　まあ、なんとかね。文句を言ってもしようがない。あんなことが起こって、恥と汚名の真只中に取り残されて、茫然自失。大学は止めたよ、勿論、続けられるはずがない、膨大な借金があったし。一からの出直し、すべてを投げ捨てて。とにかく君のお父さんのお陰さ、今日があるのは。物心とも、君のお父さんの助けがあって、これまでなんとかやってこられた。
グレーゲルス　オヤジの？
ヤルマール　君のお父さんが資金を出してくれて、写真屋を始めた。
グレーゲルス　親父が資金を出して、写真屋？
ヤルマール　そう、写真の技術を習ったり、スタジオを作ったり、開業にこぎつけるための一切。それから結婚も出来た。
グレーゲルス　結婚？　君は結婚したの？
ヤルマール　それも君のお父さんのお陰。あれ、君のお父さんから知らせがいかなかった？
グレーゲルス　そういえば・・・。親父の手紙は用件のみ、いつも必要最小限なんだ。それはよかった。親父を少し見直したよ。思いがけずも、うれしい知らせだ。結婚か、ぼくにはとても真似は出来ないな。で、うまくいってる、その結婚生活とやらは。

ヤルマール うまくいってる。いささか教養に欠けるという難点はあるが、働き者で、申し分のない女さ。ギーナっていうんだ。君、知ってるはずだよ。

グレーゲルス ギーナ？　それってもしかして、ギーナ・ハンセンのこと。

ヤルマール そう、ギーナ・ハンセン、昔、君のところで働いてた。

グレーゲルス 母の病気がいけなくなってから、数年、家の切り盛りをしていた、あのギーナ、へえ、そうあのギーナとね。これは面白くなってきた。でも君は一体、どうやってギーナと、いや奥さんと知り合ったんだい。

ヤルマール ギーナは、いろいろあって、君のお母さんが亡くなる前に家を出たんだよ。確かその年、いやその前の年だったかな。

グレーゲルス その年だよ。ぼくはもう山の工場だったから。それから？

ヤルマール ギーナは自分のうちへ。で一年ばかり母親と暮らした。お母さんってのがなかなかのやり手で、飲み屋をやってたんだ。それに部屋も貸してた。

グレーゲルス わかった、その部屋を、君は偶然にも借りることになった。

ヤルマール　君のお父さんの紹介でね。何分、あの頃、一文無しで途方に暮れていたからな。
グレーゲルス　ふむ、ふむ、そういうことね。
ヤルマール　とにかく出会って、若いぼくたちは、たちまち恋におちた。
グレーゲルス　馬鹿にうまくいったものだ。
ヤルマール　そうなんだよ、信じられないくらいの幸運がやってきたんだ。
グレーゲルス　で、君は突然、写真屋になる決心をした。
ヤルマール　それも君のお父さんの勧めなんだ。これからは写真がいいって。ギーナも賛成してくれた。実にうまいことに、ギーナは写真の勉強をしてたんだよ。
グレーゲルス　何もかも素晴らしい、もう言葉がないね。それを聞くと、親父は君たち二人にとって、まさに神の如くすべてをつかわせたってわけだ。
ヤルマール　あんなことがあっても、君のお父さんは、ぼくたち一家を見捨てない。うちのオヤジは君のお父さんから仕事をもらって、なんとか生き延びてる。ぼくのことだって、こんなに目をかけて下さってる、素晴しい人だよ。

グレーゲルス　親父は、君のお父さんの仕事も？
ヤルマール　そうなんだ。
グレーゲルス　へえ・・・
ヤルマール　じゃ、そろそろぼくは失礼するよ。
グレーゲルス　いいじゃないか、まだ話したいことがいっぱいあるんだ。
ヤルマール　いや、うちのも待ってるし。そう言い忘れたけれど、娘がいるんだ、ヘドヴィック、彼女がぼくの生きがいなんだ。
グレーゲルス　娘さんが！　いくつ？

（セルビー夫人とヴェルレが腕を組んで入ってくる。ペテルセンもその後に）

セルビー夫人　目が痛むんですか。だから言ったんですよ。あんな明るいところにずっといてはいけませんって。あなたはこちらで少し休んでいて下さい。みなさんのお相手はわたしがしていますから。

ヴェルレ　じゃ、そうさせてもらおう。
ヤルマール　お父さんにご挨拶を・・・今、ご挨拶に伺おうと。
（事務所の方で物音がする。
ペテルセン、そちらへ。
ペテルセンが扉を開ける。
ペテルセンはぎょっとして、扉の向こうの人間を押し戻す）
ヴェルレ　どうした？
ペテルセン　あのあちらの部屋の鍵をしめてしまったもので、一人閉じ込められてしまいまして。
ヴェルレ　じゃ仕方がない、こっちから出るんだな。
ペテルセン　それが、あの・・・
ヴェルレ　構わない、通しなさい。

（エクダル老人が姿を現わす。
ヤルマールは一瞬姿を隠す）

ヴェルレ　なんだ！
エクダル老人　・・・ごめんください、とんだお邪魔を！　門が、門が閉まっておりまして、どうも、どうも、ごめんくださいませ。

（エクダル老人はよたよたと通り過ぎる）

ヴェルレ　くそ！
グレーゲルス　（ヤルマールに）まさか！
セルビー夫人　（ペテルセンに）これを。
ペテルセン　承知しました。

（セルビー夫人は、ペテルセンの手に何かを握らせる。

（ペテルセンはエクダル老人を追いかける）

グレーゲルス　そうなのか・・・
ヤルマール　（小さくうなずく）・・・
グレーゲルス　君は知らない人みたいに見てたね。
ヤルマール　知らない人でいて欲しいと思ってる・・・帰るよ。人間一度、ペシャンコにされるとね。
グレーゲルス　また会える？
ヤルマール　また？
グレーゲルス　どうしても会いたい。後で行くよ。
ヤルマール　家じゃない方がいいな。うちは陰気だから、外にしよう。
セルビー夫人　もうお帰り？
ヤルマール　ええ。
セルビー夫人　ギーナによろしくね。
ヤルマール　ありがとうございます。

セルビー夫人　近いうちに伺いますからと、そうおっしゃって。

ヤルマール　ええ、どうも。

（ヤルマール去る。
入れ替わりにペテルセンが戻ってくる）

セルビー夫人　わたしはみなさんのところへ戻りますわ。みなさんにピアノを弾いて差し上げるって約束したんです。

（セルビー夫人、ゆっくりと立ち去る。
ペテルセンもセルビー夫人の後についていく）

グレーゲルス　話があるんですが。

ヴェルレ　後だ。

グレーゲルス　後ってのは、もう来ないと思います。

ヴェルレ　どういう意味だ。

（ペテルセンに導かれて、セルビー夫人が客の前に姿を現す）

セルビー夫人　みなさん、お楽しみいただいていますか。ほら、ペテルセン、みなさんのグラスが空っぽだわ。とっておきのあのワインをお注ぎして。

ペテルセン　こちらのワインは、太陽の光をたっぷりあびた年代もので、味は飛びっきりでございます。

セルビー夫人　ワインには太陽の光が必要ね。ここにいらっしゃるみなさんは、みんな日の当たる場所にいらっしゃる。それが大事なことね。そして古いもののほうが味がいいっていうわね。

ペテルセン　はい、奥様、そのようでございます・・・お静かにみなさま、セルビー夫人がみなさまのご要望に応えて一曲お弾き下さるそうです。

（ペテルセン拍手をする）

グレーゲルス　どうしてあんなことになってしまったんですか。
ヴェルレ　あの一家のことか。
グレーゲルス　まず、あなたの親友だった、あの老人。
ヴェルレ　親友ね。確かにかつてわれわれはそうだった。そのお陰で、このわしは随分と迷惑をこうむった。それに名誉も傷ついた。その親友が随分と高くついた。
グレーゲルス　ほんとは、高くついたのはあの老人だったんじゃないんですか。あの老人は事業のことなどなにもわからない。何もかもわかっていたのは、お父さん、あなただ。
ヴェルレ　インチキ地図に不法伐採、山のことはすべてあの男の責任でやっておった。事実はあの男が有罪で、わしは無罪放免だった。
グレーゲルス　全部の罪を、あの可哀想な老人に押し付けた。
ヴェルレ　いまさらあの嫌な事件を思い出させるな。みんなもう忘れている。
グレーゲルス　そうですかね、忘れましたかね、みんな。
ヴェルレ　お前は何を言いたいんだ。世間には、一発食らっただけでもう立ち上がれない人間というのは、いるものだ。あいつは一発食らって、泥の沼の底まで沈んでしまった。そのあいつにおれは、手を差し伸べ、出来るだけのことはした。あいつが、今、何とか生きていけるのは、陰ながらおれが援助しているからだ。

グレーゲルス 情け深くも、あなたは、その息子の面倒もみていらっしゃる。どうしてですか？

ヴェルレ あの一家のおかげで、無駄金がどんどん出て行く。

グレーゲルス 裏金がね。そういったお金って一体全体ちゃんと帳簿にはのっているんですか？ 写真屋を開業させるなんて、大したお金だと思いますがね。

ヴェルレ そんなことを聞いてどうする？

グレーゲルス 随分とご親切なんだなと。あなたは損になることは何一つとしてやらないはずだ。お父さんが罪滅ぼしにあの老人に施しをする、それはまあわからなくはない。でもなぜ息子なんです。何か変ですね。匂うな。あなたお得意の陰謀の匂いがする。そういえば、昔あなたから手紙をもらいました。ごく事務的なものでしたが、そのはしがきに、ヤルマール・エクダルがある娘と結婚したと書き記してありました。名前がなくてある娘でした。お父さん、その娘の名前ご存知ですか？

ヴェルレ　知らないな。

グレーゲルス　知らないはずはないと思いますよ。昔うちの家政婦で、お父さんのお世話をしていた人です。いや、お父さんのお世話になっていた人かな。

ヴェルレ　なんてことを言うんだ。誰がそんなことを言った。あの恩知らずの写真屋がそう言ったのか。

グレーゲルス　そう言ったのは、お母さんです。苦しみぬいて、不幸のどん底の中に惨めに死んでいった可哀想な、あなたの妻です。

ヴェルレ　なるほど、あの妄想で頭がいっぱいのあの女なら、息子のお前にそんなことを吹き込むだろう。そして今では、あの女の妄想で、お前の頭もいっぱいというわけだ。そんなものは何の役にもたちはしない。いい加減に吹き飛ばせ。頭というのはもっと有益なことのために使うものだ。

グレーゲルス　有益ね！

ヴェルレ　そう有益だ。下っ端の事務員同様のわずかな給料しか受け取らず、あくせく一日工場で働いて、いつまでたっても財布の中は空っけつ。一体、この先どうしようっていうんだ。お前がどう立ち回ろうがわしの工場はびくともせん・・・わしに提案がある。

グレーゲルス　どういう提案ですか？

ヴェルレ　お前に、山から下りてすぐにでも町に来るように手紙を出したのはだな・・・

グレーゲルス　どんな用なんですか。それが気になって一日中おちつかなかった。

ヴェルレ　会社の経営を一緒にやらんか？

グレーゲルス　会社の経営を、ぼくとあなたが？

ヴェルレ　そうだ。そしてゆくゆくはこの会社は、たった一人の息子であるお前が引き継ぐ。いや、出来れば、すぐにでもこの町の会社はお前に任せたいと思っている。おれは山の工場へ引っ込むつもりだ。

グレーゲルス　引っ込む？

ヴェルレ　おれももう年だ。体も弱った。それに目がよくないんだ。

グレーゲルス　目は前からそうでしたね。

ヴェルレ　どんどん見えなくなる。それも山に引っ込みたい理由の一つだ。
グレーゲルス　別なあなたを見ているようだ。
ヴェルレ　なあ、グレーゲルス、確かに、わしらの間ではいろいろのことで溝が出来ている。だがなんといっても親と子だ。背を向き合ったままでいいはずがない。
グレーゲルス　どうやって、あなたと向き合えばいいのか、わかりません。
ヴェルレ　心になにがあろうと、世間的には、父と子でありたい。
グレーゲルス　世間的にはね。あなたがそうおっしゃる。
ヴェルレ　その必要があるのだ。お前もそろそろそのことに気がつくべきだとは思わんか。おれはお前にしか、後を託せない。おれが築いたものを何としても、お前に受け継いで欲しいのだ。
グレーゲルス　どういう風の吹き回しですか。何か裏がありそうですね。
ヴェルレ　寂しいんだ。年を取ってしみじみそう思う。誰か傍にいてくれる人が欲しいのだ。
グレーゲルス　あの人がいるじゃないですか。

ヴェルレ　あの女は、そうあの女は、なくてはならないものだ。
グレーゲルス　じゃ、それでいいじゃないですか。今更、口うるさい息子を側に置かなくても。
ヴェルレ　しかし、他人は他人だ、この先何が起こるかわからん。
グレーゲルス　頭のいい人みたいですから、何とかあんたが死ぬまで、面倒を見てくれるんじゃないんですか。
ヴェルレ　だが、それもいつまで続くか。そういう立場になると、これから世間からああだ、こうだと言われることになる。そう我慢もできんようになるかもしれん。たとえ噂や、陰口、そういうものをわしに対する献身から無視したとしてもな。
グレーゲルス　・・・まわりくどいな、はっきり言ったらどうですか。結婚するんですか?
ヴェルレ　だったら、どうなんだ。
グレーゲルス　聞いているのはこちらです。
ヴェルレ　反対か。

グレーゲルス　とんでもない、どうぞご勝手に。
ヴェルレ　お前の同意を得たと考えていい訳だな。
グレーゲルス　そのために呼び寄せた訳ですか。なあんだ、そういうことか。ああ、馬鹿馬鹿しい。新たなる結婚、父と息子の和解、そして悪い思い出は全部、空の彼方へ。孝行息子、素晴しい役割ですね、ぼくの役割は。
ヴェルレ　・・・おまえ、わしは世界で一番嫌な人間か？
グレーゲルス　あんたの嫌なところをさんざん見てきましたから。
ヴェルレ　お前はいつまでたっても、お前の母親の目でわしを見ているんだ。
グレーゲルス　きっとそうだと思います。お母さんは残らず見てきたんです、あなたのやってきたことを。あんたとたくさんの女たち。お母さんはその最後の女のお陰で決定的なダメージを受けた。お母さんが亡くなったのは、まさにその女のためだ。ギーナ・ハンセン。その女を、あんたが破滅させたあの可哀想な男の息子、ヤルマール・エクダルにおしつけた。飽きたら、ぽいと捨てる。それにしても都合のいい捨て場所を見つけたものだ。どうしてそんなひどいことが出来るんだろうか。まったく人間のやることじゃないですね。

ヴェルレ　一言一言、まるでお前の母親の言葉を聞いているようだ。

グレーゲルス　あなたのこれまでやってきたことを見ると、まるで死体の山だ。あんたはその死体を踏みつけて、平然と歩いているんだ。いいパートナーが出来てよかったですね。あの女なら、あんたと一緒に、どんな戦場だって歩いてくれますよ。

ヴェルレ　わしとお前を隔てている溝は、どうやら深すぎるようだな。

グレーゲルス　わかっていただいて、よかった。ではさようなら、お元気で。

ヴェルレ　どこへ行くつもりだ。

グレーゲルス　やっとやるべきことが見つかったんです。

ヴェルレ　やるべきこと。どんなことだ。

グレーゲルス　お聞きになったら、お笑いになるだけですよ。

ヴェルレ　寂しい人間は、そう簡単に笑わないものだよ、グレーゲルス。

グレーゲルス　お父さん、あの人がお待ちですよ。それでは、おやすみなさい、ごきげんよう。

ヴェルレ　馬鹿者め、ひとかどのことを言いおって。

（グレーゲルス立ち去る）

第二場（数時間後　夜遅く）

（ヤルマール・エクダルのスタジオ。

ヘドヴィックが両手を目にかざし、両耳を親指でふさぎ、かがみこむように、地面においた本を読んでいる。

ギーナのヘドヴィックを呼ぶ声が聞こえる）

ギーナ　ヘドヴィック！　ヘドヴィック！（聞こえない）ヘドヴィック！
ヘドヴィック　なあに、お母さん。
ギーナ　本を読むのは、もうやめな！
ヘドヴィック　もうちょっと、もうちょっとだけ、駄目？
ギーナ　駄目！
ヘドヴィック　駄目か・・・すごくいいとこだったのに・・・もうちょっと。
ギーナ　駄目、お父さんがいつも言ってるだろ、暗くなってから本を読んではいけませんって。
ヘドヴィック　はあーい。
ギーナ　バター、いくらだった。
ヘドヴィック　一クローネと六十五。
ギーナ　高ケーエ！　うちはバターを使いすぎね。もっと節約せねば。それから
ソーセージにチーズに、ハム。
ヘドヴィック　それからビール。
ギーナ　そう、ビールがあった。
ヘドヴィック　でも一食助かるじゃない、今日はお父さんがいない。
ギーナ　確かに、その分メシ代が浮く。それに写真で八クローネ五十の稼ぎ。
ヘドヴィック　そんなにたくさん。
ギーナ　そう八クローネ五十。
ヘドヴィック　お父さんもう帰ってくるかな。お父さん、ヴェルレさんのところ
へお呼ばれだったたんだよね。
ギーナ　ヴェルレさんに呼ばれたんじゃなくて、ヴェルレさんの息子さんに呼ば

れたの。ヴェルレさんとわたしたちは何の関係もないんだから。

ヘドヴィック　早く帰ってこないかな。だってお父さん約束したんだもの、セルビーさんからいいものもらってきてくれるって。

ギーナ　あっちにはいいものがどっさり。

ヘドヴィック　わたし少しお腹空いてきちゃった。

（エクダル老人が、紙包みを小脇に抱え、ポケットに何かひそませ入ってくる）

ギーナ　遅かったわね。

エクダル老人　事務所がしまっておった。それからさんざん待たされて、それから、扉を開けると・・ふふん。

ヘドヴィック　仕事いっぱいもらった、おじいちゃん。

エクダル老人　このとおり、こんなにどっさり。

ギーナ　そりゃよかったわね。

ヘドヴィック　ねえ、これは何、ほらポケットがふくらんでる。
エクダル老人　これか、これはそう・・・はて何だろう、これは何でもない。とにかく、これでしばらく仕事がある。仕事がたっぷり。（奥を覗き込む）しぃー！　よし、よし、うふふふ、よし、みんな寝てるな。あいつもちゃんと自分の籠だ。よし、よし、うふふふふ・・・。
ヘドヴィック　大丈夫かな、寒くない、あの籠で。
エクダル老人　大丈夫、籠の中には藁がいっぱい置いてある。マッチはどこだ？
ギーナ　棚の上ですよ。

（エクダル老人、自分の部屋へ）

ヘドヴィック　よかったね、おじいちゃん、仕事いっぱいもらえて。
ギーナ　あれで少しはお小遣いができる。
ヘドヴィック　これで、お部屋を借りてくれる人が見つかるといいのに。
ギーナ　そんなに何もかもうまくはいかないよ。

ヘドヴィック　今日は、お部屋の話はしない方がいいね。
ギーナ　お父さんが帰ってきたら、いい話をしたいんだ？
ヘドヴィック　楽しい話がいいな。
ギーナ　そりゃ、そうだ。
ヘドヴィック　楽しい話がいい。

（エクダル老人が再び現れる）

ギーナ　今度は、なあに、おじいさん。
エクダル老人　そのまま、そのまま、立たないで。

（エクダル老人再び、出て行く）

ギーナ　火をいじくったりしてないか、ちょっと見てらっしゃい。

（エクダル老人、湯の入った水差しを持って戻ってくる。）

ギーナ　おじいさん、湯を湧かしてたの。

エクダル老人　こいつがちょっと入り用でな。書き物をしなくちゃならんのに、インクがこごえて固まっておる・・・ふん。

ギーナ　でも先にご飯にすれば。そこに出来てますよ。

エクダル老人　晩飯どころじゃない、山ほど仕事がある、誰も部屋には入ってこないように。誰も、誰も、誰もな、ふふん。

（エクダル老人、自分の部屋へ）

ヘドヴィック　おじいちゃん、お部屋でお酒飲むんだ。どこで手に入れたのかな。つけで買ったのかな。

ギーナ　誰が文無しの年寄りに、つけなんかで売るものか。

ヘドヴィック　じゃ、おじいちゃん、どこでお金を手に入れたんだろう。

（ヤルマールが戻ってくる）

ギーナ　お帰りなさい。
ヘドヴィック　早いわね、お父さん！

（二人で外套をぬがせる）

ヘドヴィック　お父さん、お客さんいっぱい？
ヤルマール　そうでもない。テーブルについたのは、十二人か、十四人か、そのどっちか。
ギーナ　じゃ、みなさんとお話できたのね？
ヤルマール　まあね。でも大体は、グレーゲルスにとっつかまってた。
ギーナ　グレーゲルスさんは、相変わらずのしかめっつら。
ヤルマール　まあ、そういうところだ。じいさんは帰ってる？
ギーナ　お部屋でお仕事。

ヤルマール　何か言ってなかった？

ギーナ　いいえ、何かあったの？

ヤルマール　ううん、そう、まあ。ちょっと見てくる。

ギーナ　行かない方がいいと思う。

ヤルマール　どうして？　会いたくないって。

ギーナ　あなたにじゃなくて、誰にも。

ヘドヴィック　（ヤルマールに）誰にもなの、ふふん、ふん、ふん。

ギーナ　さっき、自分でお湯を沸かして、持ってった。

ヘドヴィック　おじいちゃん・・・だと思う。

ヤルマール　一人で部屋でやってるのか。

（ヤルマールは、そうかとギーナを見る。ギーナはそうだと、うなづく）

ヤルマール　気の毒な老人だ・・・まあ、好きにさせとくか。

（エクダル老人は、あたかもその声が聞こえたかのごとく現れる）

エクダル老人　帰っとったのか？
ヤルマール　たった今。
エクダル老人　わしを見かけんかったか？
ヤルマール　見なかった。でも父さんが通り過ぎるのを見たって聞いたから、追いかけたんだ。
エクダル　なかなか父親思いだな、ヤルマール。どうだったパーティーとやらは。どんな連中が来てた。
ヤルマール　いろいろとお偉方が。
エクダル老人　ほ、ほー、ギーナ聞いたか、お偉方だとさ。
ギーナ　最近はあのうち、町のお偉い方ばかりが集まるそうよ。
ヘドヴィック　お父さん、歌うたった？
ヤルマール　歌ってくれって頼まれたけど、断った。
エクダル老人　断ったか。

ヘドヴィック　やればよかったのに、お父さんすごく歌上手なんだもの。

ヤルマール　断ったね、断固として。そうそう人の言いなりにはならない。いやだね、そんなことは。

エクダル老人　わしの息子はそんな安っぽい男じゃない。

ヤルマール　そんなのやりたい奴がやればいいんだ。おれはあのうちにしょっちゅう出入りして飲み食いしている連中とは違うんだ。

ギーナ　あなた、ほんとにそう言ったの？

ヤルマール　言ったかだって、ハ、ハ、ハッハのハだ、言ったね、言ったとも。

ヘドヴィック　お父さんってカッコいい。この燕尾服も、とっても似合ってる。

エクダル老人　ギーナ、聞いたか、さっきの言葉、面と向かって、あの連中にそう言ってやったそうだ、さすがはわしの息子だ。

ヤルマール　みなさんは確かに、太陽の光をたっぷりと浴びておられる。お陰で、顔なんぞはテカテカだ。あまりどっぷりと太陽の光とやらにお漬かりにならないほうがよろしいのでは。

ギーナ　そう言ったの。すごい！　お父さん、すごいね、ヘドヴィック。

ヤルマール　そう、面と向かってね。たまにパーティーに呼ばれたからって、余興なんかやってられるか。いつもたらふくごちそうになっているあんたたちが、何か気の利いたことをやればいいんだ。ぼくはなにもやりません。断じて、断固として。
エクダル老人　そういったか、あの連中に、そう言ってやったか。
ヤルマール　喧嘩腰じゃなく、べつに侮辱するつもりじゃなく、ごく丁寧に、丁重に、まあ、そのような意味のことを、そっとね。
エクダル老人　でも面と向かって。
ヤルマール　さ、そろそろ着替えようかな。脇の下が窮屈になってきた、脱ぐのを手伝ってくれ、ヘドヴィック、ギーナ、いつものジャケットを出してくれないかな。
ヘドヴィック　残念だな、お父さんの燕尾服って好きだったのに。
ギーナ　はい、ジャケット。
ヤルマール　これはレリングさんに返してくれよ。
ギーナ　わかってるわ。

ヤルマール　やっぱりこちらが落ち着くな。お父さん、こっちの方がいいだろう。
ヘドヴィック　そうね、やっぱりこちらの方がお父さんらしい。・・・ねえ、お父さん。
ヤルマール　あれって？
ヘドヴィック　ほら、あれ？
ヤルマール　どうした？
ヘドヴィック　（半ば笑い、半ば泣き）あれって約束したじゃない、ちゃんとわかってるくせに。
ヤルマール　あれ、なんだっけ・・・
ヘドヴィック　あれよ、あれ・・・
ヤルマール　だから、あれって、なんなんだよ。
ヘドヴィック　いいもの、ほら約束したじゃない。
ヤルマール　ああ、あれか、ごめん、すっかり忘れてた。
ヘドヴィック　忘れてないね、お父さんは、ね、忘れてないよね、そうやって、からかってるんでしょ。

ヤルマール　だから忘れたって言ってるじゃない。
ヘドヴィック　ひどい！　そうだ、隠してるんだ、ねえ、おとうさん、隠してる、
　ねえ、おとうさん、出してよ、ねえ、お父さん。
ヤルマール　わかった、ちょっと待って。
ヘドヴィック　ほらね、お母さん、ほらね、お母さん！
ギーナ　そんなに騒がないで！
ヤルマール　（燕尾服から紙切れを出してくる）ほら、これ。
ヘドヴィック　（涙声）これ、なあに。
ヤルマール　これはメニューだ。
ヘドヴィック　メニュー？
ヤルマール　今日の料理の献立表、何が出たかすっかり書いてある。
ヘドヴィック　それだけ？
ヤルマール　それだけ。
ヘドヴィック　他には？
ヤルマール　なんにも。

ヘドヴィック　なんにも？

ヤルマール　ほら、忘れたっていってるじゃないか。その献立表を読み上げてご覧、どんな料理で、どんな味がしたかを、話してあげる。

ヘドヴィック　・・・

ヤルマール　ヘドヴィック、わかった。

ヘドヴィック　・・・

ヤルマール　わかった。

ヘドヴィック　（涙を飲み込み）・・・わかった。ありがとう、お父さん。（ギーナは彼女にサインを送る）

ヤルマール　ようし、この話は終わり。ああ、父親は大変だ。あらゆることに気を配ってなくちゃいけない、ちょっと忘れると、この世の終わりがやって来る。お父さんだって、忘れることがあるんだよ、どうか責めないでくれよ、お願いだから、もう泣くのはやめてくれよ。・・・今夜はのぞいてみましたか、お父さん？

エクダル老人　もちろん、籠の中だ。

ヤルマール　へえ、籠の中ね、だんだん慣れてきたんだ。
エクダル老人　言った通りだろ。だがちょっと・・・
ヤルマール　ちょっとなんですか・・・
エクダル老人　ちょっと・・・
ヤルマール　改造の余地がある。
エクダル老人　そう、改造の余地がある。
ヤルマール　じゃ、どうすべきか、話し合いましょう。
エクダル老人　そうだな、紙と鉛筆を持ってこよう、ふふふ、ふふふ・・よし、そうしよう（自分の部屋へ）。
ギーナ　紙と鉛筆ですって。
ヤルマール　したいようにさせておくさ。可哀想な、壊れちまった、気の毒な老人だ・・・どうしよう、さっそく明日とりかかろう。
ギーナ　あしたはそんな暇はありませんよ。随分、催促されてるの、焼き増しをお願いしますって。
ヤルマール　あんなものはわけないよ、あっという間だ。他の新しい注文は？

ギーナ　今のところ、あれだけなの。
ヤルマール　あれだけね。部屋だって誰も見に来ないんだろ。
ギーナ　ええ。
ヤルマール　あれだけが頼り、あれだけが頼り、あーあ、なんとかしなくちゃな。
ギーナ　今のままでいいのよ、あなた、今のままで。
ヘドヴィック　ビール持って来ましょうか、お父さん。
ヤルマール　そんなもの飲んでる場合じゃない。ビール？　ビールって言ったのか。
ヘドヴィック　そうよ、よく冷えたビールよ。
ヤルマール　そうだな、いっぱいやるか、お前がどうしてもっていうんなら。
ヘドヴィック　どうしてもよ、お父さん。
ギーナ　そうしなさいよ、あなた、働くばかりじゃね、楽しみがなくちゃ。
ヘドヴィック　お父さん、持ってくるね（走ってビールを取ってくる）・・・はい、お父さん。
ヤルマール　（抱きしめて、涙声）・・・ヘドヴィック！　ヘドヴィック！

ヘドヴィック　大好き、お父さん！
ヤルマール　駄目だよ、そんなことを言っちゃ。おれは駄目なお父さんだ。さっきまでおれは、山のようなごちそうをがつがつぱくついてたんだ。それなのに・・・
ギーナ　それもお仕事でしょ。
ヤルマール　そうじゃない、そうじゃない。おれは駄目な夫で、駄目な父親だ。
ギーナ　そんなことはないわ。そんなことはないわよね、ヘドヴィック。
ヘドヴィック　そんなことがあるもんですか、お父さん。
ヤルマール　おれは、おまえたちのことが大事なんだ。おまえたちが可愛いんだ。おれは、おれは・・・
ヘドヴィック　わたしたちだって、お父さんが大好きなの、大好き、大好き、大好きなの。
ヤルマール　ああ、お父さんが時々、嫌なことをしても、わからず屋だったりしても、どうか大目に見ておくれ。いっぱい苦労があるんだ、それをどうか忘れないで欲しいんだ。

（グレーゲルスが現れ、ゆっくりとこの一家の方に歩いてくる）

ヤルマール　ギーナ、家族があれば、どんなに貧しくとも、どんなに辛くても、どんなに苦しくても、やっていける。おれは大声で言うよ、幸せだって！

（グレーゲルスはドアをノックする）

ギーナ　こんなに遅くに誰かしら？

ヤルマール　さあ、見てみれば。

（ギーナ、ドアを開ける）

グレーゲルス　失礼ですが・・・

ギーナ　（一瞬後ずさりする）まあ！

グレーゲルス　写真屋のエクダルさんの家はこちらですか？

ギーナ　ええ。
ヤルマール　グレーゲルス！
グレーゲルス　訪ねて行くって言っただろ。
ヤルマール　まさか、今夜だとは思わなかったよ。
グレーゲルス　何事も早い方がいいと思ってね。こんばんは、奥さん、ぼくがおわかりになりますか。
ギーナ　そりゃ、もう、すぐにわかりましたわ。
グレーゲルス　そうでしょう。ぼくはおふくろに生き写しだって言いますから。母のことはご存知ですよね。
ギーナ　ええ。
ヤルマール　とにかく来ちゃったんだからしようがない。とにかく中へ。
グレーゲルス　ありがとう。へえ、これが君のうちなんだ。娘さん。
ヤルマール　ヘドヴィックって言うんだ。
グレーゲルス　子供はひとり？
ヤルマール　そう一人、あの子が我々の生きがいなんだ。ヘドヴィック、ご挨拶は。（グレーゲルスから視線を外さず、ヘドヴィック頭を下げる）ヘドヴィック、ほら、ビール。（ヘドヴィックうなずいて、去る）実は、あの子に関しては辛いことがあるんだ。

グレーゲルス　どうしたんだ？

ヤルマール　どうやら、見えなくなるらしい。

グレーゲルス　見えなくなる。

ヤルマール　目がね、医者がそう言うんだ。すぐではないが、やがてそうなるだろうって。

グレーゲルス　何とかならないのか？

ヤルマール　どうやら遺伝らしい。

グレーゲルス　遺伝？

ギーナ　この人のお母さんが、目が良くなかったの。

ヤルマール　オヤジはそう言うんだ。ぼくは覚えてないけど。

グレーゲルス　可哀想に、では、あの子はどう思っているのかな？

ヤルマール　そんなこと言えるものか。そんなことになるなんて夢にも思ってないよ。当人はいたって明るく元気に毎日やってるよ。

（ヘドヴィックは、ビールとグラスを持ってくる）

ヤルマール　ありがとう。

（ヘドヴィックは、父の首に両手を巻き付け、その耳になにかささやく）

ヤルマール　いいよ、サンドイッチなんて。お腹はいいよね。

グレーゲルス　大丈夫。

ヤルマール　でも何か持ってくるか。そうだ、パンにバターを塗ったのがほしいな。

（ヘドヴィック駆け去る）

グレーゲルス　随分丈夫そうに見えるのにね。
ギーナ　とっても元気なの。
グレーゲルス　いくつ？
ギーナ　まもなく十四、明後日が誕生日です。
グレーゲルス　子供の成長を見ていると自分たちが年とったのがわかる。結婚してどれくらい？
ギーナ　十五年・・・
グレーゲルス　そんなに？
ギーナ　（注意深く）ええ、そうなるわ、十五年。
ヤルマール　二、三ヶ月足りないが、十五年。

（エクダル老人が再び登場する。軍帽を被り、猟銃を持っている）

グレーゲルス　エクダル中尉、猟ですか？
エクダル老人　猟？

グレーゲルス　ほら、そんな格好をしておられるから。
エクダル老人　うちの中でどんな格好をしていても構わんだろう、往来をふらつ
　こうってわけじゃない。
ヤルマール　お父さん、グレーゲルス・ヴェルレ、覚えてます。
エクダル老人　で、わしに何の用だ。
ヤルマール　お父さんに用があるんじゃないんです。ぼくを訪ねて来たんです。
エクダル老人　ほんとにそうか？
グレーゲルス　そうです。ちょっとご挨拶に伺っただけです。あなたの昔の猟場
　から、ぼくはヘイダルの工場がある山から来たんです。
エクダル老人　あの山か、あそこではわしも鳴らしたもんだ。
グレーゲルス　あなたはたいしたハンターでした、中尉。休みになると、ぼくと
　ヤルマールは、しょっちゅう行ってました。
エクダル老人　そう、わしはちょっとしたハンターじゃった。熊だってしとめた、
　九頭だ、九頭・・・あの森はどうなった、あの森のやつは今でも元気にやっ
　とるか？

グレーゲルス　昔のようじゃありません。随分切っちゃいましたから。

エクダル老人　伐った、それはよくない。危ないぞ、森のやつは復讐するからな。

グレーゲルス　森はいいですよね。懐かしくはないですか。ひんやりとしたその風、獣たちや鳥たちと過ごすあの自由でノビやかな生活。ねえ、エクダル中尉、思うんですが、あなたはやはり山へお戻りになるべきです、ぼくと一緒に。ぼくもすぐに山の工場に戻るつもりなんです。こんな四方を壁に囲まれたせせこましいところはよして、行きましょうよ。ここにはあなたの生きがいになるものが何もない。あなたはいつも野生の呼び声にひかれてたじゃないですか。

（エクダル老人は銃を持って立ち上がる。
ヘドヴィックに合図をする。
ヘドヴィックはエクダル老人の手を取り、歩き始める。
エクダル老人、手招きで、グレーゲルスを呼ぶ。
ギーナは縫い物を、ヤルマールは動かない）

エクダル老人　もっとそばへ。
グレーゲルス　ええ。
エクダル老人　ほら、よく見なさい、へへ。
グレーゲルス　これはハトですか、うさぎも。
エクダル老人　ほら、あそこ、壁のむこうに箱があるじゃろ。
グレーゲルス　ええ、何ですか？
エクダル老人　あそこでうさぎが寝るんじゃよ、それと、その隣り、藁を入れた籠の中。
グレーゲルス　ええ、鳥が一羽。
エクダル老人　鳥か・・・
グレーゲルス　カモですか？
エクダル老人　そうじゃ、でも普通のカモじゃない、ノガモじゃよ。
グレーゲルス　本当ですか？
エクダル老人　そう、へへへ。
ヘドヴィック　わたしのノガモよ。

グレーゲルス　でもこんな、納屋の中でも育つものですか？
ヘドヴィック　わたしがちゃんと見ているから大丈夫。
エクダル老人　さあ、あとは昼間にな。出て行った、出て行った。もう寝る時間じゃ、へへ。

（グレーゲルス、部屋に戻る）

ヤルマール　どうだった？
グレーゲルス　いやノガモは驚いたな、珍しい、でも本当に室内でちゃんと育てることができるのかい？
ヤルマール　不思議なくらい元気。
グレーゲルス　どうやってつかまえたんだい？
ヤルマール　ああ、あれは貰ったんだ。
グレーゲルス　貰った？
ヤルマール　うん、君のお父さんにね。

グレーゲルス　ははは、そうだったのか、確かにそんな趣味もあったっけ。
ヤルマール　そう、君のお父さんが、湖にボートを漕いで出たときあのカモを狙って撃ったんだよ。でもヴェルレさんは眼が良くないだろ、それで、二三発翼にあたっただけで。
グレーゲルス　でも確か、傷を負ったら水中に潜っていくだろ、ノガモは。
ヤルマール　そう、そうするみたいだね。撃たれると水の中へ潜り込んで、水底の藻や水草なんかに手当たり次第にかじりついて、二度と浮き上がってこないようにするんだろ。
グレーゲルス　そうそう、二度とね。
ヤルマール　でも、その時ヴェルレさんの連れてた犬が湖に飛び込んで、潜ってカモを水底から捕まえてきたったわけさ。それで生きたまま・・・
グレーゲルス　なるほど、それがいま、あの納屋で元気に育っていると。
ヤルマール　そう、不思議なくらい元気でね。でもあんなところにいるから、本当の野生の生活がどんなものか忘れてるんじゃないかなあ。まあ、だから何事もなくうまくいっているんだけど。

グレーゲルス　そういうものだろうね、海や空を見ないとね・・・さあ、失敬しなくちゃ。あ、そうだ。表で張り紙を見たんだけど、君のところ、部屋を貸してるのかい？

ヤルマール　ああ、それがどうかしたのか？

グレーゲルス　ぼくに貸してくれないかな？

ヤルマール　君に？

ギーナ　あなたが？

グレーゲルス　うん、そうなんだ。こっちでしばらくね、貸してくれるなら明日の朝、越してくるけど。

ヤルマール　そりゃ、いいけど。

ギーナ　あの部屋は広くもないし、暗いし、あなたのような方がお住みになるところじゃないです。

ヤルマール　ギーナ！

グレーゲルス　いいんです、そんなの気にしません。

ギーナ　それに下には、変な人が住んでるんですよ。

グレーゲルス　変なって？
ヤルマール　変じゃないよ、医者なんだから。レリングって言うんだ。
グレーゲルス　レリング？　それなら知ってるよ。ヘイダルで開業していた。
ギーナ　医者といっても何をしているんだか。毎日夕方になると飲みに出かけて、帰ってくるのは決まって夜中、だらしないったらありゃしない。
グレーゲルス　そんなのすぐに慣れますよ。ノガモを見習えばいいんです。

（ヘドヴィックが戻ってくる。
ヤルマールの傍に座り、ヤルマールの手を握る）

ギーナ　とにかくよくお考えになった方がいいですよ。
グレーゲルス　奥さん、ぼくには来て欲しくはない？
ギーナ　とんでもない、そんなことがあるもんですか。
ヤルマール　でも、君の家は？
グレーゲルス　ああ、出る。グレーゲルスときて、ヴェルレとくる。ああ嫌だ、嫌だ、こんな名前には、つばをひっかけたい！

ヤルマール　ハッ、ハッ、グレーゲルス・ヴェルレが嫌なら、何になる？

グレーゲルス　そう犬になるね。犬になって、水に潜ったノガモを追いかけて、くわえてあがってくる。

ヤルマール　グレーゲルス、それって一体どういう意味だい？

グレーゲルス　意味なんかない。全然ない。では今日はここで。大丈夫、面倒はかけません。（ヤルマールに）じゃ、明日。おやすみなさい、奥さん。（ヘドヴィックに）おやすみ！

ギーナ　おやすみなさい。

ヘドヴィック　おやすみなさい。

ヤルマール　そこまで送っていこう。

（ヤルマール、グレーゲルスを外まで案内する）

ヘドヴィック　お母さん、変ね、あの人、犬になりたいだなんて。あれってどういう意味かしら。
ギーナ　さあ、どういう意味かしらね。ねえ、おじいちゃんは。
ヘドヴィック　寝ちゃった。
ギーナ　寝ちゃったってどこで？
ヘドヴィック　あそこんところ。
ギーナ　あそこんところ？　あそこんところって納屋。あら、嫌だ、風邪引いちゃう。

（ヤルマール戻ってくる）

ヤルマール　これで一つ問題が解決した。
ギーナ　さあ、どうかしら。
ヤルマール　変な奴だな、あんなに貸したがっていたのに。どうしてグレーゲルスじゃ駄目なんだ。
ギーナ　だって他の人じゃないんですもの。ヴェルレさんが何とおっしゃるか。

ヤルマール　関係ないね。
ギーナ　あなただって知ってるでしょう。あの二人の仲がどうかってことは？
ヤルマール　そりゃ、そうだけど。
ギーナ　だからヴェルレさん、あんたが後ろで糸をひいてるって思うわよ、きっと。
ヤルマール　そう思うんだったら、そう思えばいい。おれだっていつまでもあの人の思い通りじゃないさ。
ギーナ　おじいさん、今まで通り仕事がもらえなくなるかも。
ヤルマール　だったら、それはそれでいい、いっそさっぱりする。おれだって自分のオヤジが乞食みたいにうろつくのは、見ていてたまらないんだ。このままじゃない。このままでいてたまるかってんだ。おれはきっとなにもかもうまくやってみせる。オヤジは？
ギーナ　寝ちゃったんですって。
ヤルマール　寝ちゃった？
ギーナ　そう、納屋で。

ヤルマール　納屋で。しようがないな。
ヘドヴィック　しようがないな。
ヤルマール　よし、みんなでベッドまで運ぶか。
ヘドヴィック　おじいちゃん重たいよね。
ヤルマール　みんなで持てば、持てないこともない。

第三場（二日目　昼　晴）

（ヤルマールが机に向かい、だらだらと写真の修整をやっている。
台所ではギーナが料理をしている。
ヘドヴィクは料理を手伝っている。
しばらくして、納屋からエクダル老人の声）

エクダル老人　（小さく）おい、お～い、ヤルマール。

（ヤルマールは気が付かない）

エクダル老人　（大きく）お～い、いるか？
ギーナ　（台所から出てくる）おじいさん、何か用ですか？
エクダル老人　いや、なんでもない。（引っ込む）

（ギーナが現れ、ヤルマールのほうへ）

ヤルマール　やってるよ。一生懸命やってるよ。

（ギーナは台所へ戻る。
エクダル老人は戻ってくる）

エクダル老人　忙しいのか？

ヤルマール　ご覧のとおり、くだらん写真と格闘中。

エクダル老人　そうか、それなら仕方がない。

（エクダル老人、引っ込む。
今度は、ヤルマールがエクダル老人のほうへ）

ヤルマール　ねえ、お父さん。

エクダル老人　なんじゃ。
ヤルマール　お父さんはどうですか?
エクダル老人　何がどうですかだ。
ヤルマール　いや、忙しいかなと。
エクダル老人　お前が忙しいなら、わしだって忙しい。
ヤルマール　そうですか。

（ヤルマール、机のほうへ）

エクダル老人　いや、ほんとうはそうでもない。
ヤルマール　ほら、書き物の仕事がいっぱいって聞いたから。
エクダル老人　あんなもの、どうだっていい。誰も待っとりゃせん。
ヤルマール　じゃ・・・
エクダル老人　そうだな。水槽をあのままにしておくわけにはいかんだろう。
ヤルマール　そりゃ、そうですね。

エクダル老人　よし、今からやろう。

（エクダル老人、引っ込む。

ギーナが出てくる）

エクダル老人　何をしとる、はやくこんか。

ヤルマール　いや、駄目ですよ、ぼくは。仕事をしなくちゃいけないんです。何だ？

ギーナ　食事はここでいいかしら。

ヤルマール　いいんじゃないか。

ギーナ　グレーゲルスさんと、レリングさん、あなたが声をかけたのは二人ね。

ヤルマール　あいつにとっては最初の日だ。それくらいのことはしてやらないと。

ギーナ　簡単なものしかできないけど。

ヤルマール　十分、十分。

（ギーナ引っ込む。
ヤルマール、少し仕事をするが、また腰を浮かせて奥を覗き込む。
ヘドヴィックが入ってくる）

ヤルマール　何だ？
ヘドヴィック　お父さんの傍に来たかったの。
ヤルマール　母さんに見張りを言いつけられて来たんじゃないのか。
ヘドヴィック　そんなことないわ。あたし、何か手伝えることない？
ヤルマール　ん、ないない、ないよ。お父さん今忙しいんだ。
ヘドヴィック　ふ〜ん。

（ヘドヴィックは納屋のほうへ向かい、中の様子を伺う。
ヤルマールはその様子を見て）

ヤルマール　おじいさん、なにしてる？

ヘドヴィック　水槽と、睨めっこしてるよ。
ヤルマール　ああ、例の改造か。大丈夫かな。
ヘドヴィック　さあ。
ヤルマール　う〜ん、といってもおれはこれを仕上げなきゃいけないし。
ヘドヴィック　（机を覗き込んで）わたし、やるわよ、お父さん。
ヤルマール　何言ってるんだ。目を悪くするじゃないか。
ヘドヴィック　いつもやってるから大丈夫よ。貸して（と、父から筆を取る）

（ヤルマールはヘドヴィックと席を交換する。
しばらくヘドヴィックの様子をみて）

ヤルマール　ふ〜ん、うまいもんだな、うん。じゃあ、ちょっとおじいさんの様子を見てくるからな。
ヘドヴィック　いいわよ。
ヤルマール　ほんのちょっとな。

（ヤルマール、納屋の中へと入っていく。
ヘドヴィックは作業を続ける。
納屋からは、金槌をたたく音が聞こえてくる。
ギーナはその音を聞いて、ため息。
少しして、グレーゲルスが入ってくる。
しばらくヘドヴィックを眺めている）

グレーゲルス　やあ、おはよう。
ヘドヴィック　（振り返り）あ、おはよう。
グレーゲルス　えっと、お父さん、取り込み中？
ヘドヴィック　（立ち上がって）呼んでくるね。
グレーゲルス　あ、いや、いいんだ。どうぞ続けて。
ヘドヴィック　ううん、もう終わったから。
グレーゲルス　お父さんの仕事のお手伝いをしてたんだね。
ヘドヴィック　うん、そうなの。

（グレーゲルスは、作業机の上の写真を覗きこむ）

グレーゲルス　へえ、これ、お父さんが撮ったのかい？
ヘドヴィック　ううん、お母さんよ。
グレーゲルス　え？
ヘドヴィック　いつも、大体お母さんが写真撮るのよ。
グレーゲルス　お父さんは何してるの？
ヘドヴィック　今は納屋にいるわ。
グレーゲルス　ああ、うん。

（グレーゲルスは納屋の方に向く）

グレーゲルス　そういえばノガモはよく眠ったかな？
ヘドヴィック　よく、眠ったんじゃない、きっと。
グレーゲルス　あのノガモは君のだったね？

ヘドヴィック　ええ、そう、わたしのノガモよ。でも、お父さんやおじいさんがいる時は、いつだって貸してあげてるの。

グレーゲルス　お父さんやおじいさんは借りてどうするの？

ヘドヴィック　世話したり、居場所を作ってあげたり、いろんなこと。

グレーゲルス　あの中にいるものでは、ノガモが一番？

ヘドヴィック　そりゃあ一番よ、本物の野鳥ですもの。でもとってもかわいそうなの。いつもひとりぼっち。うさぎだって、にわとりだって、家族がいるのに、ノガモはお友達だっていないの。それにノガモにはまだまだ不思議なことがいっぱいあるの。誰もノガモのことはよく知らないの。どこにいたのか、どこから来たのか。

グレーゲルス　知ってるよ？

ヘドヴィック　へえ、あなたノガモがどこにいたのか知ってるの？

グレーゲルス　うん、知ってる。

ヘドヴィック　どこにいたの？

グレーゲルス　うなぞこ。

ヘドヴィック　うなぞこ？
グレーゲルス　そう、うなぞこ。
ヘドヴィック　うなぞこって、海の底のこと。
グレーゲルス　そう、海の底だから、うなぞこ・・・どうして笑ったの。
ヘドヴィック　なんか変だなって。
グレーゲルス　変ってなにが？
ヘドヴィック　他の人がうなぞこって言ったから変に聞こえたの。
グレーゲルス　どうしてなんだろう。
ヘドヴィック　うなぞこって言われて、すぐにあの部屋のことが浮かんだの。あの部屋には、本の入った大きな戸棚や、絵入りの本もどっさりあるの。それからいろんなものが入った大きな箱や、古い箪笥や、飛び出したり引っ込んだりする人形のついた大きな時計とか。でも時計は止まってる。
グレーゲルス　ノガモの傍じゃ、時計は動かないのかな。
ヘドヴィック　そう、あそこじゃ時間が止まってるの。ロンドンの歴史の本があって、英語だから何が書いてあるかはわからないんだけど、絵を見るの。

もう百年も前のものらしいんだけど、その中にはそりゃたくさんの挿絵があるの。砂時計を持った死神とか、女王さまを処刑した絞首台とか、わたし気味が悪くって。でも、女の子の絵もいっぱい、みんなきれいなドレスを着てるの。教会や、お城や、町の通りとか、大きな船が海の上を走っている絵なんかもどっさり。

グレーゲルス　どうして、そんな本があるんだろう。

ヘドヴィック　むかしね、ここに年寄りの船長さんが住んでいて、その人が置いていったの。さまよえるオランダ人って呼ばれてたみたい。最後に海に行ったきりで、そのまま戻って来なかったですって。

グレーゲルス　うなぞこで、そういう絵を見てると、どこか遠くへ行ってみたいとか思わない？

ヘドヴィック　・・・思わない。わたし、ここが好きなの。お父さんとお母さんの傍にいるのが好き。それにあそこはうなぞこじゃなくて、ただの納屋だわ。

グレーゲルス　そうかな。

ヘドヴィック　いいえ、ただの納屋だわ。

グレーゲルス　ほんとにそう思ってる？

（ギーナが現れる）

グレーゲルス　ヤルマールにランチに呼ばれたんです。ちょっと早く来すぎちゃって。

ギーナ　聞いてます。もうすぐ支度ができますから。テーブルを片付けてね、ヘドヴィック。

ギーナ　お部屋はいかがでしたか、狭くはないですか？

グレーゲルス　いいえ、十分です。ありがとう・・・この仕事は、ほとんどあなたがやってるみたいですね。

ギーナ　主人はいろいろと忙しいんです。

グレーゲルス　どうしてヤルマールの奴、写真屋なんて始めたんだろう。わかった、あなただ、あなたの考えでしょう。そういえば、あなたは写真の学校へ行ってたことがある。そういう仕事に就くのが夢だって言ってませんでした？

ギーナ　さあ、どうかしら。

グレーゲルス　だって、ヤルマールと写真なんて、どう考えたって結びつかない。

ギーナ　そんなこと、どうでもいいじゃありませんか。

グレーゲルス　ヤルマールのやつは？

ギーナ　さあ。

グレーゲルス　また、あのお年寄りと、あの納屋ですか。大事な仕事を投げ出して、一体なにをしているんだろう。

ギーナ　主人は芸術家なんです。いろんなことがあの人の中でひらめくんです。あの人には写真の仕事よりももっと大事な仕事があるんです。そのためには心を自由にしておく必要があるんです。

（納屋で銃声が聞こえる。

ヘドヴィックが戻っている）

グレーゲルス　何です。
ギーナ　撃ってるんですよ。
グレーゲルス　撃ってる、ですって?
ヘドヴィック　猟をしているの、二人で。

（ヤルマール、姿を現す）

グレーゲルス　猟をやってるんだって?
ヤルマール　何だ、来てたのか、言ってくれればよかったのに。
グレーゲルス　納屋で、猟?
ヤルマール　（二連発のピストル）なあに、こいつだよ。ちょっとこれを試してたんだ。
ギーナ　今に二人とも、その拳銃でひどい目にあうって言ってるんです。
ヤルマール　これはピストル、拳銃じゃない、何度言ったらわかるんだ。
ギーナ　拳銃とピストルがどう違うのか、わからないわ。

グレーゲルス　それで猟を？
ヤルマール　たまにオヤジに付き合って、うさぎ狩りをね。あの納屋はちょうどいいんだよ。こんなのを撃っても、外へは聞こえないんだ。・・・ヘドヴィック、これに触るんじゃないぞ、まだ弾が一発残っているからな。
グレーゲルス　猟銃もあるね。
ヤルマール　昔オヤジが持ってたやつさ。もう使えない。でもオヤジは、分解して掃除をしたり、油を差したりしてる。そういうのが楽しみみたいだ。
ヘドヴィック　いまなら、ノガモがよく見えるわ。
グレーゲルス　片方の翼が少し、だらんとしてるね。
ヤルマール　あそこを撃たれたんだ。
グレーゲルス　それに足を片方、ひきずってる。
ヘドヴィック　あの足に犬が噛み付いたの。
ヤルマール　他にはとりたてて悪いところはない。あんなに元気にやってる、奇跡だね。
グレーゲルス　しかもうなぞこに、長い時間いた。

ヘドヴィック　そうよ。
ギーナ　ノガモさま、ノガモさま、朝から晩まで、家族みんなでノガモさま、ちょっとうんざりね。
グレーゲルス　大変ですね、ノガモのお母さんは。
ヤルマール　ぼつぼつ支度はいいのかな？
ギーナ　もうちょっと、ヘドヴィック、こっちに来て、手伝って。

（ギーナとヘドヴィックは台所へ）

グレーゲルス　スタジオの仕事は、ほとんど奥さんが切り回しているみたいだね。
ヤルマール　あれに出来ることはなるべくあれに任せて、ぼくにしか出来ない最小限のことしかやらないようにしているんだ。ぼくは今、大事なことにとりかかっている。
グレーゲルス　大事なことって？
ヤルマール　言ってなかったっけ、発明のことは？

グレーゲルス　発明？

ヤルマール　そうなんだ。お客に頼まれて、写真を撮るだけの仕事にぼくが甘んじられる訳がないだろう。で、考えたんだ、仮にも写真の仕事を選んだのであれば、何とかこの写真をより芸術的に科学的に発展させることは出来ないだろうか。

グレーゲルス　それって、どういうことなんだい？

ヤルマール　そんなの一口では言えないよ。でも時々、その扉が開きそうに思える。もうちょっと、もうちょっとで誰も考えたことのない素晴しい技術がものにできそうなんだ。ぼくはべつに自分が偉くなりたいから、そんなものを発明したい訳じゃない。すべては家族のためなんだ。その発明が実現すれば、莫大な報酬が手に入る。それが大事なんだ。寝てもさめても頭にあるのは、家族に対しての使命ばかり。まず、エクダルの名にもう一度、名誉と威厳を取り戻し、オヤジの自尊心を蘇らせる。

グレーゲルス　それが君の使命？

ヤルマール　ほら、これ（とピストルを手にする）。判決が下って、いよいよ牢屋に入らなきゃいけなくなったとき、親父はこいつをこうやってこめかみに当てた。でもやれなかった。あの熊を九頭もしとめたオヤジの魂は、その時すでに堕落し、破綻してしまっていたんだ。それからオヤジはねずみ色の囚人服を着せられて、牢獄につながれた。たまらなかった。オヤジは山の英雄で、森の王者だった、ぼくにとってずっとあこがれで、誇りだったんだ。それ以来、ぼくはブラインドを下ろした。心の窓と、そしてこの実際の家の窓に。信じられなかった。外はいつものように太陽がさんさんと輝いている。往来ではみんなおしゃべりをし、笑っている。すべてが消えてしまえばいいと思った。そして今度は、このピストルを自分の心臓に向けた。

グレーゲルス　ぼくも試してみた、母親が死んだとき。でも出来なかった。

ヤルマール　出来なかったんじゃない、やらなかったんだ。あわやって時に、理性の力で思い留まった。親父のことを思うとね。オヤジをあのままにしてはおけない。オヤジに軍服を着せて、もう一度、往来を歩かせたい。家の中では時々、こっそりと着るんだよ。昔を思い出すんだろう、その時は、胸を張って得意そうに歩くんだ。でもドアにノックの音が聞こえると、たちまちうろたえて、よぼよぼの足で物陰に隠れる。たまらないよ。まったく胸が張り裂ける思いだ。

グレーゲルス　で、その発明とやらはいつ完成の予定なんだい？

ヤルマール　全身全霊で取り掛かっている。とにかく集中することが大事なんだ。その瞬間生まれるインスピレーションにかかってる。でもこの環境だろう、なかなか集中できないんだ。

グレーゲルス　君はまるでノガモだな、ヤルマール。

ヤルマール　ノガモだって？　どういう意味だい？

グレーゲルス　ぼくの診断を言わせてもらえば、君は悪性の沼にはまりこんでいる。ノガモみたいにうなぞこに潜り込んで、発明って水草にしがみつき、やがて暗いところで死んでいくんだ。

ヤルマール　ぼくが、暗いところで死んでいくって、馬鹿なことを言わないでくれよ。

グレーゲルス　でも大丈夫、このぼくが来たんだ、立派に立ち直らせて見せるよ。まさにそれがこのぼくの使命だ、いまそのことがはっきりとわかった。

ヤルマール　たくさんだよ、グレーゲルス、もうたくさん！

（レリングが入ってくる。

続いてギーナとヘドヴィックが食事の支度をして持ってくる）

レリング　何の話をしていたんだい？。

ヤルマール　グレーゲルス、紹介しよう、こちらは医者のレリングさん。

レリング　何だ、ヴェルレさんのご子息か。ぼくたちは、山の工場で一緒だった。不倶戴天の敵といったほうがいいかな。それであなたは、まだ頑張っているんですか、あの汚らしい山の工場で。

グレーゲルス　ほんの最近までいました。

レリング　で、何とか少しはものになりましたか、あの理想の要求とやらは。

ヤルマール　理想の要求？

レリング　この人はね、山の労働者一人一人のところへ回って、理想の要求なる迷惑千万な、へどの出そうな料理を売り歩いていたんだよ。で、一皿でも売れましたかな？

グレーゲルス　いえ、全然、まったく駄目でした。

レリング　じゃ、少しは値を下げたのかな。

グレーゲルス　ちゃんとした人間は、どんな孤立しても、自分の主義を変えたりはしないものです。

ヤルマール　その意見には同感だな。

ギーナ　どうか議論の前に、食卓についてくださいな。せっかくの食事がさめてしまうわ。

ヤルマール　ギーナ、バターを取ってくれないかな。

（納屋の戸を叩く音）

ヤルマール　開けておいで、ヘドヴィック、お父さんが出たいんだってさ。

（エクダル老人が剥いだばかりのウサギの皮を抱えて現れる）

エクダル老人　おはよう、みなさん、今日は大猟で、大物をしとめたよ。
ヤルマール　ぼくが行かないうちに、皮まで剥いじゃったんだ。
エクダル老人　おまけに塩漬けにしておいたよ、そりゃあ柔らかくて、甘くて、砂糖のような味だ。では、みなさん、ごゆっくり・・・（自分の部屋へと退場）。
レリング　年老いても偉大なるハンターである森の勇者に、乾杯！
ヤルマール　墓穴の崖っぷちで、かろうじて踏みとどまりし、老いたる猟師に。
レリング　我らが英雄のごま塩頭に・・・あれって、ごま塩、それとも白髪・・・
ヤルマール　その中間ってところかな、それに髪もそう残ってない。
レリング　でも、あの老人が君の生きがいだ。素晴しい使命だよ、あの廃人をもう一度、しっかりと大地に立たせる。
ヤルマール　できるだけのことは、やるつもりだ。
レリング　それから申し分のない、ステキな奥さん。フエルトのスリッパをはいて音も立てず、ああやって豊かなヒップをゆさぶりながら、一日中家の中をかけずりまわり、君のために尽くしてくれる。

ヤルマール　確かにギーナは、かけがえのない伴侶だ。

ギーナ　さあ、どうだか。

レリング　それから、君には、なんといってもヘドヴィックがいる。

ヤルマール　ヘドヴィックこそ、まさに神からの最高の贈り物だ。ヘドヴィック、こちらへおいで。明日は何の日だ？

ヘドヴィック　お父さん、言っちゃ駄目！

ヤルマール　大したことをしてやれない、それがとっても辛いんだ、ほんの、ほんのささやかなお祝いをね、あの納屋で・・・

ヘドヴィック　だからこそ、ステキなのよ。

レリング　ヘドヴィック、そのうち、そう、そんなに遠くない将来、きっとあの素晴しい発明が完成する、そうすれば、まさに夢のような生活がやってくる。

ヤルマール　きっとそうしてみせる、約束するよ、見ておいで、ヘドヴィック、お父さんは、大好きなお前の将来を、何一つ不自由のない心配のないものにしてやりたいんだ。貧しい発明家が奇跡を起こす、その一番の報酬がお前の仕合せな未来なんだ。

ヘドヴィック　大好きな、大好きな、お父さん！

グレーゲルス　おえ！

レリング　なんて感動的なんだろう、一家団欒の中でのこの素晴しい食事、そう思いませんか、ヴェルレさんの息子さん。

グレーゲルス　ちょっと、気分が悪くなってきちゃったんです、窓を開けてもいいですか。少し風をいれないと。ぼくはどうも弱いんです、毒された空気ってやつに。

ギーナ　ちっとも空気は悪くないわ、ヴェルレさん。この部屋はとっても風とおしがいいんです。

グレーゲルス　風通しくらいじゃ、ぼくの言う悪臭は消えそうにないですね。

ヤルマール　悪臭だって！

レリング　悪臭はおまえだよ、おまえがこのうちの中へ持ち込んで来たんだ、あの山からさ。

グレーゲルス　いかにもあなたらしい言い方ですね。

レリング　どうやらあんたは、まだあの理想の要求ってやつを売り物にしているみたいだね。しかしまだそんなものを持ち歩いていたとは・・・あんたがあの山で、どんなに鼻つまみの嫌われ者だったか、忘れたのか。

グレーゲルス　ぼくはいつもぼくさ。どこにいったって、誰に対してだって、この信念は変わらない。

レリング　だったら、どうかその信念とやらは、他で役に立てたらどうかね、ここでは間に合っているから。

グレーゲルス　残念だけれど、あなたのご要望には応えられませんね。ぼくの信念はこの場所でこそ、役に立てたいんです。嘘と欺瞞の上に、本物の幸せが築けるはずがない。

レリング　それがお節介というものさ。たった今、たたき出してやる。階段から突き落としてもいいんだぜ。

グレーゲルス　やりたければどうぞ。そんな暴力にひるむものか。

ギーナ　いい加減にしてください。あんたたちは、今、わたしの家で食事をしているんですよ。どうか礼儀ってモノをわきまえていただきたいわ。

（ドアにノック）

ヘドヴィック　お母さん、誰か来たみたい。
ヤルマール　今日は、千客万来だな。
ギーナ　誰だろう？（ドアを開け、後ずさりする）あ！

（ヴェルレが戸口に立っている）

ヴェルレ　失礼、倅はいるかな。
ギーナ　（息を呑み）ええ。
ヤルマール　ヴェルレさん、どうぞ、中へ。
ヴェルレ　すまんな、ほんのちょっと話が。すぐにすむ。
グレーゲルス　何ですか、話って。
ヴェルレ　どこか二人きりで話したい。
ヤルマール　どうかここを使って下さい。レリングさん、あっちへ。

（二人を残して、みんな去る）

グレーゲルス　これで二人きりです、どうぞご用件を。

ヴェルレ　なんでここにいる。お前は一体、何を考えて、いや、何を企んでいるんだ？。

グレーゲルス　今のぼくに出来ることは何だろう？　その答えが、ここなんです。

ヴェルレ　お前が考えていることは、何をすれば、このわしが一番困るか、そのことばかりだ。山に居座って、みんなをこのわしにけしかけようとした。で、今度は何だ？

ヴェルレ　あんたの犯した罪の後始末。あんたが粉々にし、踏みにじり、暴虐の限りを尽くした、この家族、ぼくはこの家族を見ていると良心の呵責に耐えられない。

ヴェルレ　良心の呵責だって、そんなものが一体何の役に立つ。

グレーゲルス　自分が人間だってことに役に立つんです。ぼくはあの時、やるべきことをやらなかった。あんたがエクダル中尉を罠にかけ、陥れた。ぼくはあの人に忠告すべきだったんだ。結果は火を見るより明らかだった。

ヴェルレ　じゃ、どうしてそうしなかったんだ。

グレーゲルス　怖かったんです、あんたが。

ヴェルレ　じゃ、いまでは、もう怖くなくなったのか。

グレーゲルス　ええ、なんとかね。あの老人はもう駄目です、修復不可能に壊れてしまった。でもまだ、ヤルマールなら間に合う。あいつをあの嘘と偽りから救い出すんです。このまま、あんな欺瞞がまかり通る訳がない。放っておいたら、あいつは破滅する。あの老人の二の舞だ。

ヴェルレ　お前は真理をもたらす正義の使者か。あの写真屋はお前が思っているような男ではない。今にわかる。まあ、じっくりと見させてもらおう。

グレーゲルス　あなたの意見には興味がない。ぼくは彼を立ち直らせ、ぼく自身も立ち直る。

ヴェルレ　それは無理だ。おまえは母親の病気をそっくり受け継いでる。遺伝というのは恐ろしいものだ。

グレーゲルス　あなたは遺産金目当てで、結婚した。そのあてが外れたので、未だにお母さんをうらみに思っているんだ。
ヴェルレ　くだらんことを言い立てるな。おまえこそ、ヤルマールをあてにしているんじゃないのか。
グレーゲルス　勝手に何とでもどうぞ。あなたがどう言っても、ぼくは断固としてそうするつもりです。
ヴェルレ　別に止めやせん。おまえがやりたいようにやればいい。まったくの無駄足だったようだ、おまえに会いに来たのは。
グレーゲルス　なんだったんですか、用件は？
ヴェルレ　家に戻ってこないか、それから会社を一緒にやらんかと、それを言いにきた。だが、どうもその気はないようだな。
グレーゲルス　ええ、ありませんね。
ヴェルレ　じゃ、用件だけを簡単に言っておこう。わしは再婚しようと思う。そこで財産は二つに分けようと思っている。
グレーゲルス　お気遣いなく。いりません、そんなものは。
ヴェルレ　いらない。

グレーゲルス　ええ、いりません。ぼくの良心が許しませんから。
ヴェルレ　良心が？　じゃまた工場へ戻るのか？
グレーゲルス　いやもうやめました、あんたのところで働くのは。
ヴェルレ　じゃ、どうするんだ？
グレーゲルス　やるべきことをやります。
ヴェルレ　どうやって喰っていくんだ。
グレーゲルス　少しは蓄えもありますから。
ヴェルレ　そんなものがいつまでもつ。
グレーゲルス　命がある間はなんとか、持たせます。
ヴェルレ　どういう意味だ？
グレーゲルス　意味なんかありません。用件が済んだら、お帰りになったらどうですか。
ヴェルレ　グレーゲルス！
グレーゲルス　はい、さようなら。

（ヴェルレ、去る）

ヤルマール　帰られたか？
グレーゲルス　ああ。

（みんな戻ってくる）

レリング　今日のランチは、空振りってところかな。
グレーゲルス　ヤルマール、話したいことがあるんだ、ちょっといいかな。
ヤルマール　ん？
グレーゲルス　外で、歩きながら話さないか？
ヤルマール　今から？　ここじゃ、まずい？
グレーゲルス　だから外へ行くんだよ！　外で待ってる。

（グレーゲルス、壁にかかっていた外套と帽子を取って、外へ）

ギーナ　止めて欲しいわ。あんまりあの人には関わって欲しくない。

レリング　絶対に、行かないほうがいい。強く強く忠告するね。あんな男はうっちゃといたほうがいい。

ヤルマール　（外套と帽子を取る）ぼくの昔からの友達だよ。話があると言われれば、そりゃ、付き合うよ。

レリング　あいつはマトモじゃない。害毒だ、ばい菌だ、近寄ると感染する。特に君は感染しやすい体質なんだ。気をつけないととんでもないことになる。

ギーナ　わたしもそう思う。あの人のお母さんもしょっちゅう妄想で頭をいっぱいにして、とんでもないことを言い出したり、しでかしたりしてたわ

ヤルマール　ぼくは大丈夫だよ、心配しないで。あいつもいろんなことで落ち込んでぼくの慰めが欲しいんだよ、きっと。夕飯はいつもどおり、それまでには帰るから（去る）。

レリング　あんな奴、山に生き埋めにしてしまえばよかったんだ。

ギーナ　山でなにがあったんですか？

レリング　なあに、わけがあってね。

ギーナ　あの人、本当に気が変なんでしょうか?

レリング　いや、常人と変わりはないですよ。でもね、ただ一箇所おかしいところがありましてね。

ギーナ　何です?

レリング　はっきり言うと、急性の正義病です。

ギーナ　正義病?

ヘドヴィック　そんな病気があるんですか?

レリング　あるよ。国民的な病気でね。まだ散発的ではあるけれど、撲滅させるには、かなりな困難を伴う。それではどうも失礼します。ごちそうになりました(去る)。

ギーナ　ああ、嫌な予感がする!　あのしゃべり方、あの目つき、いじいじしたところ、しつっこさ、あの人ってお母さんそっくり!

ヘドヴィック　ねえ、お母さん、何だかみんな変ね。

第四場（二日目　夕方）

（ギーナが外のお客の応対をしている）

ギーナ　はい、大丈夫です。お約束どおり、日曜日までには最初の十二枚は必ず。有難うございました。

（ギーナ、部屋の中へ）

ヘドヴィック　お父さん遅いね。どうしたんだろう。ご飯の時はいつもちゃんと家にいるのに。本当に早く帰って来て欲しいな。だって今日はみんなとっても変なんですもの。

（ヤルマール帰ってくる）

ヘドヴィック　お父さん、とっても待ったのよ。
ギーナ　ずいぶん、ごゆっくりだったのね。
ヤルマール　うん、ちょっと。
ギーナ　すぐ食事にするわ。
ヤルマール　食べたくない。
ギーナ　ヴェルレさんとすませたの？
ヤルマール　いいや。
ヘドヴィック　どうしたの、お父さん、気分が悪いの？
ヤルマール　歩きすぎて、疲れたんだ。
ギーナ　なれないことをするから。
ヤルマール　生きていくには、なれなきゃいけないこともある。
ギーナ　どういうこと？
ヘドヴィック　お父さん、お水汲んでこようか？
ヤルマール　いや、今はいらない。明日からね、お父さんは猛烈に働くつもりなんだ。そのことで今、頭がいっぱいなんだ。

ヘドヴィック　明日！　明日はお父さん、何の日だったか忘れてないわよね。
ヤルマール　ああ、そうだった。じゃ、明後日からだ。明後日からは誰の力も借りずにやっていく。

（納屋で音がする）

ヤルマール　くそ、いまいましい、あんなノガモ、首をひねってやる。あんな奴からもらったものを、この家に飼っておいてたまるか。
ヘドヴィック　ノガモを！
ギーナ　何てことを言うのよ。
ヘドヴィック　お父さん、あれはわたしのノガモよ！
ヤルマール　そう、おまえのだ。だからやらない。でも、やらなくてはいけないことがある、男として。あんな奴の息のかかった生き物を同じ屋根の下に置いてたまるか。そのままにしておくと、心に傷がつく。取り除けと心が要求するんだ。

ギーナ　理想の要求ってわけ。
ヤルマール　そう、理想の要求だ。
ギーナ　あなた、ヴェルレさんとどんな話をしたの？
ヘドヴィック　でもノガモはお願い。あのノガモはお願い。
ヤルマール　大丈夫、どうもしやしない、お前が可哀想だからな、羽一枚むしったりしない。
ギーナ　ヘドヴィック、ちょうどいい暗さになったから、ちょっと散歩してきなさい。
ヘドヴィック　あんまり行きたくない。
ギーナ　行きなさい。ここは空気が淀んでるから。
ヘドヴィック　じゃ、少し外を歩いてくる。お父さん、あたしのいない間に、ノガモをどうかしちゃ駄目よ。
ヤルマール　頭の毛一本抜いたりしない。（抱きしめる）ヘドヴィック、お前とおれは、おれたち二人は・・・さあ、行っておいで。

（ヘドヴィック去る）

ヤルマール　ギーナ。
ギーナ　なに？
ヤルマール　明日から、いや明後日から、おれが自分で家計簿はつけることにする。
ギーナ　家計簿を？
ヤルマール　せめてどれくらい収入があるのか知っておきたい。
ギーナ　あら、それならすぐにわかるわ。
ヤルマール　秘密を知りたい。どうやって、少ないお金でやりくりしているのか。
ギーナ　ヘドヴィックとわたしじゃ、そんなにはかからないの。
ヤルマール　親父がヴェルレさんのとこの書き物の仕事で、随分貰っていると聞いたが、本当か？
ギーナ　随分かどうかなんて、相場をしらないからわからないわ。
ヤルマール　どれくらいだ、言ってみろ。

ギーナ　おじいさんの食事代と、ちょっとしたお小遣い程度じゃない。
ヤルマール　食事代！　そんなことは一度も聞かなかった。
ギーナ　おとうさんの面倒は、全部自分が見てるって威張ってたから、言えなかったの。
ヤルマール　おやじはヴェルレの餌で飼われてるってわけだ。
ギーナ　いいじゃない。あっちはお金持ちなんだから。
ヤルマール　ランプをつけてくれ・・・（ギーナ、ランプをつける）手が震えてるじゃないか？。
ギーナ　おじいさんにあの仕事を世話したのは、わたしじゃない、ベルタよ。
ヤルマール　それに声も震えてる。
ギーナ　あら、そうかしら。

（ランプにシェードを被せる）

ギーナ　（きっぱりと）はっきり言ってよ。あの人、あなたを連れ出して、何を言ったの？
ヤルマール　お前があそこにいた頃、お前とヴェルレの間に何かあったって、本当か？
ギーナ　嘘よ。その時は何もなかった。ヴェルレさんにしつこく追い回された。だから奥さんは何かあったと思って大騒ぎをした。ぶたれて、つねられて、青痣だらけ。だからわたしあの家を出たの。
ヤルマール　その時は何もなかった。じゃ、その後は？
ギーナ　家に帰ったわ。
ヤルマール　それから・・・
ギーナ　それから奥さんがなくなって、ヴェルレさんが家に訪ねて来た。そして母といろんなことを話し込んでいた。
ヤルマール　それで？
ギーナ　母がしつこく、うるさくわたしをたきつけた。うちの母って人は、あんたが考えていたような人じゃなかったの。
ヤルマール　で、どうなったんだい。

ギーナ　そうね、何もかも話した方がいいようね。あの人はね、決してあきらめたりしないの、自分の思いが通るまではどんなことだってやったの。
ヤルマール　そうなんだ。
ギーナ　ええ、そうなの。で、わたしは・・・
ヤルマール　あの男の思い通りになったんだ。そうなんだな。
ギーナ　・・・
ヤルマール　これが、おれの子供の母親か。ずっとそれを隠して、一緒に、なんでもないふうに、暮らして来たんだ。どうしてそんなことが出来るんだ。
ギーナ　そうね、とっくに話しておかなきゃいけなかったことよね。
ヤルマール　あの時に話さなきゃいけなかったんだ。
ギーナ　わたしあなたと結婚したかったの、どうしても。話していたら、わたしと結婚した？
ヤルマール　するわけないだろう。
ギーナ　だから言わなかったの。だってわたしあの時、あなたに夢中だったんだもの。

ヤルマール　で、それがヘドヴィックの母親ってわけだ。畜生、この家でおれのものと言えるのは一体なんだ、言ってみろ、言ってみろと言っているんだ！　ここにある何もかも、全部、あいつの食い散らかした、残飯だ。くそ、くそ、くそ、あのヴェルレの色気違いめ！。

ギーナ　わたしたち、この十四年間、うまくやってきたわ。

ヤルマール　お前、一体、どういう女なんだ、どういう気持ちで毎日、毎日、暮らしていたんだ。悔やんだり、悪かったとか思ったことはないのか。

ギーナ　毎日が忙しくて、しなきゃいけないことや考えなきゃいけないことでいっぱいだったから。

ヤルマール　だから、何も考えなかった？　お前、自分がやったことを一体どう考えているんだ？。

ギーナ　そんなことは考えない。考えたって何の役にもたてない。

ヤルマール　たてないだって。たたないだ。たちませんだ。いつも言ってるだろう。ちゃんとした言葉を使えって。お前のひどい言葉をヘドヴィックだって、真似をしてる。ここはちゃんとした家柄の家なんだ。おれの親父の父親は、陸軍の大佐まで上り詰めた。少しは教養ってものを考えろ。都合の悪いことは考えないか。お前は、すごい神経をしているんだな。お前は化け物か。

ギーナ　でも、わたしがいなかったら・・・だってあの頃、あなたいけないことに手を染めていたわ。

ヤルマール　悪の道をまっしぐら。男が悲しみと絶望に陥ると、特におれのような激しい気性の男はな。あのまま放っておけばよかったんだ。

ギーナ　そのことについてはとやかく言わないわ。わたしはあなたより少し年上で、世間ってものがわかっているし、テキパキもしている。だから、あの時、あなたを支えることが出来たの。そしてあなたは、所帯を持つとそりゃあいい旦那さんになった。そしてわたしたちは何とか幸せにやってきた。

ヤルマール　偽りの泥沼にどっぷりと浸かってな。

ギーナ　あんな嫌な奴にかきまわされたくはない。

ヤルマール　おれはこのうちがまともだとずっと信じてきたんだ。

ギーナ　わたしはやるべきことをやったの。家族のために。一時も休まず、死にものぐるいで、この家族を守って来たの。そのためには何でもやったわ。わたしにとって第一があなた。わたしはただただ、あなたのために一番いいようにと、それだけを考えて今日までやってきたの。あなたには生活のことで、苦労かけたくない。あなたにはあの発明のことだけを考えていて欲しかったの。

ヤルマール　こんなことがわかって、どうやってこの心を発明の方にむければいいんだ。お前の過去が、おれの発明を殺したんだ。

ギーナ　いいえ、大丈夫、あなたの発明がすべてを変える。あなたはそのことだけを考えてればいいのよ。後の厄介なことは全部わたしが引き受ける。あなたはそんじょそこらの人じゃない、特別なのよ、特別な選ばれた人なのよ、あなたは。

ヤルマール　駄目だ、駄目だ、何もかも駄目になってしまった。

（グレーゲルスが入ってくる）

グレーゲルス　入ってもいいかな?

ヤルマール　どうぞ。
グレーゲルス　どうだい、気分は？　まだなの？
ヤルマール　やったよ。
グレーゲルス　そうか、やったか。
ヤルマール　ぼくの一生で、一番辛い時間だった。
グレーゲルス　でも崇高な時でもあった。君たちは欺瞞の雲を晴らして、やっと出発点に立った。これからは真実の、あらゆる意味で新しい生活が始まるんだ。
ヤルマール　ああ、わかってるよ。
グレーゲルス　でもそうじゃないみたいだね。光が差し込んでいるつもりでやってきたら、むしろジメジメとどんよりしてるばかりだ。
ギーナ　じゃ、こうしましょう。（ランプのシェードを取る）
グレーゲルス　過ちを犯したものを許し、受け入れ、愛の手で再び抱きしめる。ヤルマール、君だったらきっとそれが出来ると信じていたんだけどね。
ヤルマール　そんなに簡単にはいかないよ。ぼくが今飲んだ薬はとっても苦くてとても飲み下せないんだ。

グレーゲルス　普通はそうさ。でも君は違う。

ヤルマール　わかってるよ。でも時間がいるんだ、時間が。だからそうせっつかないでくれよ。

グレーゲルス　ヤルマール、こうやってみていると、君はまるでノガモそのものだ。

（レリング登場）

レリング　ノガモがどうした？　どうしたんです、奥さん。（ギーナは顔を背ける）貴様、何を話したんだ。

グレーゲルス　この家に必要なことを。

レリング　必要な？　一体、どういう意味だ。

グレーゲルス　この家に真の結婚生活の、基礎を築いてやりたいと思ったんだ。

レリング　この家はこのままで十分だ。そっとしておいてやれよ。

グレーゲルス　世間並みの夫婦としてはこんなもんだろうけど、真の結婚生活になっていないんだ。
レリング　真の結婚生活、それってどこにあるんだい。
グレーゲルス　まあ、ないですね。でも欺瞞の上に築かれた結婚生活が、どんなに精神を荒廃させ、惨憺たる結果を招くかを、さんざん見て来たからね。ぼくはそういう悲惨な状態からこの家族を助け出したかったんだ。
レリング　大人はどうでもいい。大人はどんな欺瞞の中だって十分行きていける。でも子供はそういうわけにはいかないんだ。
ヤルマール　うう!
レリング　そうだよ、大事なのはヘドヴィックさ。君たち夫婦がどう騒ごうが、どう苦しもうが、勝手だが、あの子を、こんな騒ぎの巻き添えには決してしないように。さもないと、とんでもない目に、あの子をあわせることになりかねない。
ヤルマール　とんでもない目?
レリング　あの子は、今、とっても難しい時期なんだ。

ギーナ　最近、あの子、台所で火をいじっていて、このうちを燃やしてしまうつもりじゃないかと思うことがあるのよ。

ヤルマール　おれがついてる、あの子には。おれがしゃんとしているうちは！

（ドアにノックの音）

ギーナ　誰か来たわ。どうぞ。

（セルビー夫人が入ってくる）

セルビー夫人　こんばんは。

ギーナ　まあ、ベルタ、あなたなの。

セルビー夫人　なんだか、お邪魔のようね。実は今頃なら、男の方はお留守で、あなただけかなって思ったの。それでちょっとばかりあなたとお話しして、それでお別れしようかなと・・・

ギーナ　どこかへお出かけ?
セルビー夫人　ええ、明日の朝、ヘイダルへね。ヴェルレさんは今日の午後に発ったわ（グレーゲルスに）あなたによろしくって。
ギーナ　あら、まあ。
ヤルマール　で、あなたはすぐにその後を。
セルビー夫人　ええ、そう。それがどうかしましたか、エクダルさん。
ヤルマール　まあ、お気をつけて。
グレーゲルス　どういうことかと言えば、オヤジとこのセルビーさんは結婚するんだ。
ヤルマール　結婚!
ギーナ　まあ、とうとう。
セルビー夫人　そうなの、とうとうなの。
レリング　まさか、そんなことが!
セルビー夫人　いいえ、そのまさかなんです、レリングさん。
レリング　今になって、また結婚?

セルビー夫人　そういうことになりますね。ヴェルレさんが結婚許可証をもらったんで、わたしたちは山の工場でひっそり式をあげるつもりなんです。
グレーゲルス　じゃ、よき義理の息子として、お祝いを言わなくちゃ。
セルビー夫人　ありがとう。あなたのそのお言葉とってもうれしいわ。その言葉でわたしたちきっと幸せになれるわ。
レリング　それなら、大丈夫、ヴェルレさんは飲んだくれじゃない。あなたがこよなく愛し、こよなく尽くした、今は亡きあの飲んだくれの馬鹿亭主。あなたはあの男の暴力沙汰で生傷が絶えなかった。そんなことはあの人に限ってあるわけがない。
セルビー夫人　レリングさん、あなたはセルビーのことを誤解なさっているわ。あの人にはあの人なりにいいところもありましたのよ、人並みには。
レリング　ヴェルレさんには、きっと、もっともっといいところがあることでしょう。
セルビー夫人　そうね、あなたのおっしゃるとおりかもしれません。まずあの人は無駄にすり減らしていない、これだけは確かですわ。みんなそれで自分を駄目にしてしまうんですもの。

レリング　よし、今夜は街にくりだそう。

セルビー夫人　いけないわ、レリングさん、およしになって、わたしのためにそんなことをしないでくださいな。

レリング　そういうわけにはいかないんです。（ヤルマールに）よかったら、君もどうだ。

ギーナ　駄目！　この人は行かないわ。

ヤルマール　うるさい、お前は黙ってろ！

レリング　それでは、ヴェルレ・・・夫人！　お達者で。

（レリングは去る）

グレーゲルス　レリングさんとはずいぶんとお親しいようですね。

セルビー夫人　昔からの知り合いなの。わたしたちかなり本気でお互いのことを考えた時期もあるんですよ。

グレーゲルス　どうしてそうなさらなかったんですか。
セルビー夫人　そうね、どうしてかしら。一時の感情で突き進んでも、行き止まりになってしまうって思ったのね。気がついたら自分をすり減らして、駄目になってしまっている、それが怖かったの。だって、命がある限り、これから先も、ずっと生きていかなくちゃいけないんですもの。なるべく楽に生きて生きたいってことかしら。
グレーゲルス　あなたとレリングさんのことをオヤジに言ったら、どうなんでしょうか。
セルビー夫人　どうぞ、ちっとも構わなくってよ。私、洗いざらい何もかも話してあるの。
グレーゲルス　そうなんですか。
セルビー夫人　ええ、そうなの。だからお父様は何もかもご存知よ。あの人のわたしへの気持ちがわかったとき、最初にそうしたの。だって、このわたしのことは、人の口から伝わるよりも、自分自身の口から伝える方が、ずっと確かですからね。

グレーゲルス　随分と率直な方なんですね、あなたという方は。
セルビー夫人　わたし隠し事をして、ヤキモキしている自分が嫌なんです。だから思ったことは何でも言ってしまうことにしているの。女は結局それが一番だと思うわ。
ヤルマール　お前はどうなんだ。
ギーナ　さあ、女もいろいろだから。そうする人もあり、しない人もいる。
セルビー夫人　ギーナ、わたしはね、いろいろな経験をしてきた結果、そういう結論にたどり着いたの。女にとって結局それが一番利口なやり方だって。わたしが洗いざらい話したら、ヴェルレさんだって、何もかも話してくださった。そう、何もかもよ、ギーナ、何もかも。
ギーナ　なにもかもね・・・
セルビー夫人　そうよ、何もかもを知った上で、わたしたちはお互いを選んだの。そしてわたしはできる限りのことをしようと思ったの。
グレーゲルス　お話が長引くようなら、ぼくは失礼しようかな。
セルビー夫人　いいえ、お話はこれでおしまい。ただあなたにははっきりと知っておいていただきたかったのは、そのことなの。つまり、わたしは策をろうしたわけでもなんでもなく、あなたのお父さんは、すべてを知った上で、そのことをお選びになったたってこと。この結婚が公になると世間ではきっといろんなことを言うでしょうね。でもわたしは、あの人から手に入れたものに見合ったものを、あの人に与えるつもりです。わたしはきちんと義務を果たします。あの人を見捨てたりはしない。誰にもできないお世話や看病をするつもりよ、今にあの人がだめになっても。

ヤルマール　だめになる?

グレーゲルス　今、ここで、それは言わないほうがいい。

セルビー夫人　隠してもいずれわかることよ。あの人、失明するの。

ヤルマール　失明、失明って言ったのか、ヴェルレさんも失明・・・どうして、変じゃないか。

ギーナ　ちっとも変じゃないわ。そういう人って多いのよ。

セルビー夫人　ヴェルレさんのように、仕事が生きがいの人にとっては、それはとてもつらいことよ。だからこれからは、わたしはあの人の目になってあげるつもりなの。もう、そろそろ行かなくちゃ、やらなくてはいけないことが山ほどあるの。あ、それからエクダルさんに言って頂戴、わたしがいないときは、ペテルセンを訪ねてくださいって、ペテルセンにはちゃんと言ってありますから。

グレーゲルス　そういう申し出は、ヤルマール・エクダルがきっと断ることになるでしょう。

セルビー夫人　あら、どうして、これまでそんなことは一度もなかったわ。

ギーナ　そうなんですけど、みんなでこれからは、もうそういうことはしないようにしようって話していたの。

ヤルマール　どうか未来のご主人によろしくお伝えください。近いうちにご主人をお訪ねして、これまでお借りした計算書を出していただき、きれいさっぱり返済しますと。ぼくは払うぞ、名誉の負債を、払ってやるとも。

セルビー夫人　どうしたの、ギーナ、何があったの?

ギーナ　いろいろと。

セルビー夫人　男の人って厄介ね、面子ってものが、邪魔をするのね。でもその付けを払わされるのは、いつも女なの。

ギーナ　うちにはそんなお金はないのよ、あなた。

ヤルマール　どうか未来のご主人におっしゃってください。ぼくはたゆまず発明に邁進しています。身も心もへとへとになるこんなにも大変な仕事にぼくが耐えていけるのは、あなたからの嫌な借金からの重荷を下ろしてしまいたい一心からなんです。ぼくは必ず近いうちに、この発明をやり遂げます。それから生じる利益のすべては、あなたの未来のご主人からお借りした金銭の、返済に充てる積もりなんです。

セルビー夫人　だったら、その発明とやらがうまくいってから行動を起こしたらいかが。（ギーナに）あなたも大変ね、ご同情申し上げるわ。あなたとはもう少しお話したいことがあったのだけど、ここではやめておきましょう。みなさん冷静じゃないみたいだから。ギーナ、また別の機会に。こんな話は女同士でないとね。でも困ったわね、私は明日の朝早く立たないといけないし、あなた今晩うちにいらっしゃれないかしら。

ヤルマール　そんなことが許されてたまるか、金輪際、あんたの世話にはならない、わかったな、ギーナ。

セルビー夫人　では、みなさん、さようなら。

（セルビー夫人去る。ギーナ、その後のドアを閉める）

グレーゲルス　ヤルマール、君はやっぱりぼくが思っていたとおりの男だった。

ヤルマール　確かに男って厄介だね。面子ってものがそう言わせてしまったんだ。ずいぶん高いものに付きそうだ。だってそうじゃないか。カラッケツの人間が、ここ何年もたまりにたまって、忘れ去られてチリをかぶっていた借金をわざわざ掘り返して、そっくり返そうっていうんだから。

グレーゲルス　でもおかげで、君はやっと誇りを取り戻し、君らしい君を取り戻せた。

ヤルマール　確かにね。

グレーゲルス　すべてのことが明らかになり、なすべきことがはっきりと見えてくる。そして君にはどんな人生の荒波をも乗り越えて行けるだけの力がある。

これからが君の人生の始まりなんだ。

ヤルマール　君のおかげだ、感謝しなくてはね。でもどうしても面白くないことがある。

グレーゲルス　なんだい、それは?

ヤルマール　あの二人!

グレーゲルス　あの二人って。

ヤルマール　あの二人さ、これから結婚するっていう。

グレーゲルス　それがどうした、はっきり言えよ。

ヤルマール　だってそうじゃないか。真の結婚生活、そこからぼくたちは気が遠くなるほど程遠いところにいる、でもあの二人は楽々とそれを手に入れた、そう思うとやりきれない。

グレーゲルス　何を馬鹿なことを言っているんだ。

ヤルマール　だってそうじゃないか。君のお父さんとセルビー夫人は、すべてをわかりあった上、一点の曇りもなく、お互いを受け入れ結婚する。見事な契約だよ。お互いの罪は見事に洗い流し、二人は真っ白なシーツでひとつになって眠るんだ。でもぼくたちのシーツは汚れきって、ボロボロのよれよれ、だとしてもそれを取り替えることもできやしない。これっていくらなんでも不公平ってものじゃないのかい。

グレーゲルス　君たち二人と、あの二人じゃぜんぜん違うよ。君たちには愛があるじゃないか。

ヤルマール　愛ねえ、そんなものが一体何の役に立つのかねえ。

ギーナ　いいえ、それこそが一番大切なものだわ。

グレーゲルス　そうだよ、君、君たちの中にこそ、真の結婚生活を築いて、あの二人を見返してやるんだ。欲得だけで結ばれた結婚なんてうまくいくわけがない。

ヤルマール　そうだね、そう思って頑張るしかないね。それに運命も公平かもしれないな。だって、あいつ、目が見えなくなるんだから。因果応報ってやつだ。あいつはかつて、信頼厚き仲間を裏切って、メクラにしてしまった。

グレーゲルス　一人だけなものか。たくさん、たくさん、たくさんだ。

ヤルマール　あいつはこれから真っ暗闇の中を生きていかなくちゃいけない。そう思うと少しは気持ちがせいせいする。

ギーナ　これから考えなくちゃいけないのは、人のことより、自分たちのことよ。

（ヘドヴィックが息を弾ませ、うれしそうに駆け込んでくる）

ヘドヴィック　ただいま！

ギーナ　あら、もう帰って来ちゃったの。

ヘドヴィック　散歩してたら、ちょうどいい人に会ったの。

ヤルマール　セルビーさん。

ヘドヴィック　ええ、そう。

ヤルマール　これからは、もう、あの人に会うんじゃない、わかったね。

ヘドヴィック　・・・・あの。

ヤルマール　どうした。

ヘドヴィック　あの、これ・・・セルビーさんが、これをわたしに下さったの。

ヤルマール　お前に、これを？

ヘドヴィック　わたし、これ、明日のお祝いだと思うの。
ギーナ　そうね、あの人いつも、お前の誕生日には、なにかしらくださったわね。
ヤルマール　一体なんだ？
ヘドヴィック　それは秘密なの。明日、わたしが起きる前に、お母さんがわたしの枕元に持ってきてくれることになっているの。
ヤルマール　この家にはどうも隠し事が多くて嫌だ。
ヘドヴィック　隠し事じゃないわ。お父さんが今見たければ、今見てもちっとも構わない。はい。
ヤルマール　手紙みたいだな。
ヘドヴィック　これだけよ。きっと後から何か届くのだと思うの。でも素敵じゃない、お手紙なんて、わたし初めてなの、ワクワクしちゃう。ほら、ここを読んで。ヘドヴィック・エクダルさまですって。これ、わたしのことよ、さまですって、わたしそんなふうに呼ばれたのも初めて。
ヤルマール　見せてごらん。
ヘドヴィック　いいわよ。

ヤルマール　ヴェルレさんの筆跡だ。
ギーナ　ほんと？
ヤルマール　自分で確かめてみろ。
ギーナ　わたしにはわからないわ。
ヤルマール　ヘドヴィック、この手紙、お父さんが開けて、読んでもいいかな？
ヘドヴィック　いいわよ、お父さんがそうしたければ。
ギーナ　その手紙は明日にしましょう。お祝いの席であけたほうがいいわ。
ヘドヴィック　あら、いいじゃない。きっと何かいいことが書いてあるわ。そうしたら、お父さんも喜ぶし、わたしたちも楽しくなれるわ。
ヤルマール　じゃ、開けてもいいんだね。
ヘドヴィック　ああ、わくわくする、一体何が書いてあるんでしょう。
ヤルマール　よし、じゃ開封するよ・・・（手紙を読み、ちょっとうろたえる）あ！
ギーナ　どうしたの、あなた。
ヘドヴィック　お父さん、何が書いてあるの？

ヤルマール　ちょっと黙っていてくれないかな。（読み終わる。顔色が変わっている）贈り物をするってさ、ヘドヴィック、お前に。
ヘドヴィック　（ヘドヴィック、手紙を受け取り、ランプの下で読む）わー、うれしい、何を下さるのかしら。
ヤルマール　あの目だ、あの目！　それからこの手紙！
ヘドヴィック　でもこれ、なんだか、おじいさんに来ているみたい。
ヤルマール　ギーナ、お前にはこれの意味がわかるか？
ギーナ　わかるはずがないじゃない、一体どうしたっていうの。
ヤルマール　ヴェルレさんは、ヘドヴィックにこう書いている。ヘドヴィックのおじいさんは、これから毎月百クローネずつ、受け取れるようにする。
グレーゲルス　あはあ！
ヤルマール　百クローネ、じいさんが入用とする間、つまりじいさんが死ぬまで。
ギーナ　じゃ、もう安心ね、おじいさん。
ヤルマール　その先にまだある。お前のことだ、ヘドヴィック。
ヘドヴィック　わたしのこと？

ヤルマール　そう、おまえのことだ。よく読んでいないんだな。じいさんが亡くなった後、同じ金額をお前が引き継ぐことになる、一生、ヘドヴィックはヴェルレさんから、百クローネのお金を受け取ることになった、一生だ、聞いているのか、ギーナ！

ギーナ　ええ、聞いてるわ。

ヘドヴィック　素敵！　そんなにお金がもらえるなんて、お父さん、お父さん、うれしくない？

ヤルマール　うれしい！　うれしいかだって！　そういうことか。これではっきりと見えてきたぞ、あいつの企みが。ヘドヴィックだったんだ、あいつがいつも心にかけていたのは。

ギーナ　だって誕生日ですもの。

ヤルマール　なぜあいつがヘドヴィックの誕生日を祝わなくちゃいけないんだ。

ヘドヴィック　これはわたしのお金じゃないわ。だってわたし、このお金、お父さんとお母さんにそっくりあげるんですもの。

ヤルマール　その中には、おれは入ってはいない。そういうことだ。

グレーゲルス　オヤジはさっき、ここへ来て、こういったよ。ヤルマール・エクダルはお前が考えているような男じゃない。
ヤルマール　男じゃない！
グレーゲルス　今にわかるって。
ヤルマール　おれが金で買収されるかどうかを、じゃ、見てるがいい。
ヘドヴィック　お母さん、どうしたの。
ギーナ　コートと帽子を、あっちで脱いできなさい。

（ギーナはヘドヴィックを去らせる）

ヤルマール　（手紙を二つに裂く）さあ、これが返事だ。
グレーゲルス　それでこそ、ヤルマール・エクダルだ。
ヤルマール　ギーナ、今こそ、何もかも、はっきりさせる。
ギーナ　はっきりさせるって、何を。
ヤルマール　もうどんな秘密も我慢できない。なぜ、あいつはおれたちの結婚を取り持ったんだ?

ギーナ　わたしがあなたを愛していたから。

ヤルマール　お前がおれにそう言った時、お前たちの関係はすっかり終わっていたんだよな。

ギーナ　ええ。

ヤルマール　お前のその言葉を信じるとすれば、なぜあいつはあんなにもおれたちの結婚を急がせたんだ。

ギーナ　それは・・・。

ヤルマール　それは、あることを隠蔽するためだったということだ。

ギーナ　何を言いたいの?

ヤルマール　おれが言いたいのは、お前の子供がおれと一緒に住む権利があるかどうかということだ。

ギーナ　そんなこと聞いてどうするのよ。

ヤルマール　正直に答えるんだ、ヘドヴィックはおれの子か、それとも・・・さあ、答えるんだ。

ギーナ　さあ、誰の子かしら。あなたの考えはどうなの。
ヤルマール　おれの考えは問題じゃない。問題は事実なんだ。あの子は一体誰の子なんだ。
ギーナ　（冷たい反抗的な目でヤルマールを見る）知りません。
ヤルマール　知らない？
ギーナ　ええ、知りません。今となっては、そんなこと、わたしにはわからない。
ヤルマール　じゃあ、この家にはおれはもういられないな、ほんの一時も。今すぐ出て行くよ。
グレーゲルス　そういうことじゃないだろう。
ヤルマール　じゃ、どういうことなんだい。
グレーゲルス　君が度量を示して、一切を許し、一切を受け入れる。そして君たち三人は、今度こそ、真の生活を始めるんだ。
ヤルマール　そんなことが出来るものか。出来るわけがないだろう。絶対に、絶対に、絶対に、そんなことは受け入れることは出来ない。ここにはもういられない。帽子はどこだ。おれの帽子。おれの帽子はどこだって聞いてるんだ。

畜生！　家庭は完璧に崩壊した。（泣き出す）もう子供はいないんだ。

ヘドヴィック　（飛び出してくる）わたしはお父さんの子よ、お父さん、お父さん！

ヤルマール　うるさい、近づくな！　お前の顔なんか見たくもない。もううんざりだ、何もかも。

ヘドヴィック　嫌よ、お父さん、行っちゃ嫌、お願いお父さん、行かないで、行っちゃ嫌だ、嫌だ！

ギーナ　ヘドヴィックはあなたの子なの。あなたの子なのよ、ヤルマール、あなたの子じゃなくて、誰の子だっていうのよ。

ヤルマール　この目、ああ、この目！　おれはどうでも出て行くんだ。何もかも振り切って、どうでもそうしなきゃいけないんだ。（しがみつくヘドヴィックを邪険に振り払って出て行く）

ヘドヴィック　お父さんが行っちゃった！　お父さんが出て行っちゃった！　お母さん、お母さん、お父さんが行っちゃった。もう帰ってこないんだわ。

ギーナ　泣くんじゃない、ヘドヴィック、きっと帰って来るわ。

ヘドヴィック　駄目よ、駄目よ、帰ってなんかきやしないわ。
グレーゲルス　ぼくはすべて良かれと思って。
ギーナ　でも、ひどいことになってしまったわね。
ヘドヴィック　ああ、死んだほうがましだわ。ねえ、お母さん、お父さんを連れ戻して。お願い、わたしお父さんがいないと生きていけないの。だからお母さん、お父さんを連れ戻して。
ギーナ　大丈夫、お父さんは帰って来る。約束する、だから安心しなさい。あの人のことはよーくわかっているの。どうせ、レリングのところへでも行っているんだわ。だからそんな大声で喚きたてないで、しっかりなさい！　わかった。泣いたってなんの解決にもならないのだからね。
ヘドヴィック　ええ、もう泣かない。お父さんが帰って来るんだったら、もう泣かない。
グレーゲルス　今は、彼を一人にして、自分と向き合わせる時間を与えたほうがいいと思うな。
ギーナ　今はとにかく、この子を安心させてやらないとね。お父さんを捜してくるからね。

（ギーナは出かける。ヘドヴィックはずっとすすり泣いている）

ヘドヴィック　わたしきっと、お父さんの子じゃないのね。

グレーゲルス　どうしてそう思うの？

ヘドヴィック　お母さんがわたしを拾ってきたの。それが今になってわかったの。そういう話を読んだことがある。読んだときは、関係ないと思っていたけど、わたしのことだったんだ。ああ、こんな気持ちでこれからもずっといなくちゃならないなんて、とっても出来ない。

グレーゲルス　じゃ、どうするつもり。

ヘドヴィック　それを今、考えてるの。でもただただ悲しくて、よく考えられないの。

グレーゲルス　じゃへドヴィック、そのことは後で考えるとして、今はノガモのことを考えない。どうかな、ノガモは元気にしてるかい。

ヘドヴィック　お父さん、あれも見たくないんですって。絞め殺してしまいたい、そんなことを言うんですもの。

グレーゲルス　そんなことはしやしないよ。

ヘドヴィック　でもそう言ったの。そんなことを言うお父さんが、あたしなんだか恐くて。だからわたし、ノガモのためにお祈りしているの。あれがひどい目にあったり、殺されないように。

グレーゲルス　お祈りを?

ヘドヴィック　そう。それからお父さんのためにもお祈りをしたわ。

グレーゲルス　そんなにも可愛がっているノガモを、お父さんは絞め殺すって言ったんだ。

ヘドヴィック　でもお前がかわいそうだからそうしないでおくって、わたしのためにそうしないって。だからお父さんはとってもいい人なの。

グレーゲルス　ヘドヴィック、お父さんのことが好きかい?

ヘドヴィック　そりゃ、お父さんのことが誰よりも好きだわ。いつもお父さんのことばかり考えているの。

グレーゲルス　このままお父さんが帰ってこなかったら。
ヘドヴィック　とっても生きていけないわ。
グレーゲルス　お父さんが帰ってくるためだったら何でもするかい。
ヘドヴィック　ええ、なんだってやるわ。わたし何をすればいいの？
グレーゲルス　どうだろう、もし君がお父さんのために、自分から進んであのノガモを犠牲にしたら。
ヘドヴィック　ノガモを。
グレーゲルス　君が持っているこの世で一番の宝物を、お父さんのために、君が進んで犠牲にしたら、お父さんはどう思うだろうか。
ヘドヴィック　どう思う？
グレーゲルス　こんなにもヘドヴィックは、自分のことを愛しているんだ、そう思うんじゃないかな。
ヘドヴィック　そう、思うの？
グレーゲルス　ぼくは君のお父さんのことは、よく知っている。昔はみんなのあこがれだった。誇り高く、勇気があって、人情に厚い、人並み優れた男だった。でも君のお父さんは、そんな自分を見失っているんだ。それを取り戻させることができるのは、ヘドヴィック、君だけだ。お父さんの中に奇跡を起こすことができるのは、君だけなんだ。

ヘドヴィック　やってみる、わたし。

グレーゲルス　それだけの勇気が君にはあるかい。

ヘドヴィック　おじいちゃんに頼んで、私の代わりに撃ってもらうわ。

グレーゲルス　それがいい。でもお母さんには内緒だよ。

ヘドヴィック　どうして？

グレーゲルス　お母さんには、こういうことの意味が理解できないからさ。

ヘドヴィック　わかったわ。わたしやってみる。

（ギーナが戻ってくる）

ヘドヴィック　見つかった、お母さん？

ギーナ　レリングさんのところへ行って、それからどこかへ出かけたみたい。

グレーゲルス　こういうときこそ、一人になって、徹底的に考えるべきなんだけどな。

ヘドヴィック　ああ、どうしよう、このままお父さんが帰ってこなかったら。

グレーゲルス　大丈夫、帰ってくるよ。だから安心して、今日はゆっくりおやすみ。じゃあね、ヘドヴィック。

（グレーゲルス出ていく）

ヘドヴィック　お母さん、お母さん。

ギーナ　厄病神、厄病神、厄病神、ああ、あの男はお節介な厄病神以外のなにものでもないわ。

第五場

（ギーナが部屋に佇んでいる。
ヘドヴィックがやってくる）
ヘドヴィック　お父さんは！　帰ってこなかったんだ。（ギーナ出掛けようとする）お母さん、どこへ行くの。
ギーナ　レリングさんのところ。
（エクダル老人が現れる）
エクダル老人　ヤルマールは？
ギーナ　出かけていますわ。
エクダル老人　こんなに早くか？　外は雪がふっとるというのに。仕様がない、今日はひとりでやるか。

（エクダル老人が消え、グレーゲルスが現れる）

グレーゲルス　まだ帰ってないんだ。

（レリングがやって来る）

ヘドヴィック　お父さん、おじさんのところ。
ギーナ　あの人はどうしていますか？
レリング　寝てるよ。
グレーゲルス　寝てる？　まったく、こんな時こそ、真剣に考えなくちゃいけないというのに。
ギーナ　主人はなんて言ってますか？
レリング　何も・・・

ギーナ 全然、何も?
レリング これっぽっちも。
グレーゲルス その気持ちはわかる。何も言えないんだ。
ギーナ じゃ、何をしてるんですか?
レリング 寝てる、ぐっすりと高いびきをかいて。
ヘドヴィック お父さん眠ってるんだ。私は眠れなかったのに。
ギーナ 高いびきね。いつもそう、あの人はいつも高いびき。
グレーゲルス 無理もないよ。あいつ精神的な格闘でへとへとなんだ。
ヘドヴィック お父さん、寝るのが一番よね。きっと寝たら元気になって戻ってくるわよね、お母さん。
ギーナ そうね。きっとそうだわね。ぐっすりと一寝入りしたら何もなかったような顔をして、帰って来るわ。ヘドヴィック、元気にしてるか!
ヘドヴィック きっとそうね、お母さん、きっとそうね。
ギーナ レリングさん、もう少しご面倒をかけます。さ、ヘドヴィック、私たちは、家の中を片付けましょう、手伝って頂戴。

（ギーナとヘドヴィックは去る）

グレーゲルス　ヤルマール・エクダルは今、人生最大の危機に陥っている。あなたはそれをどうご覧になります？

レリング　正確には、こう言い換えるべきだ。ヤルマール・エクダルは今、人生最大の危機に陥っている演技を、必死になって演じている。でもわたしの見立てでは、どうもその演技にはリアリティが欠けている。

グレーゲルス　あの男はそんじょそこらの人間とは違うんです。人一倍、感受性が鋭くて、正義感や、道徳感が強いんです。

レリング　いいや、そんじょそこらにうじょうじょと転がっている単なる病人の一人さ、ヤルマール・エクダルは。別に何の特別なところも見当たらない。くだらない、おろかで馬鹿な男さ。

グレーゲルス　あなたはヤルマール・エクダルのことをそんなふうにお考えなんですか。彼はいつも純真な子供のような心をもっていた。あなただって、それは認めるでしょう。

レリング　お利口さんのヤルマール、美少年のヤルマール、みんなが未来の星と持ち上げたヤルマール、特に大学では大もてだった。女の子という女の子は、詩人で音楽家で、ロマンティックな風貌のあの男に夢中だった。それがあの男を駄目にした。自分自身を勘違いして、今でもそれが続いている。あんたはその筆頭だ。今でもあんたはあの男を偶像視している。でも結局、あんたはあの男に過剰な期待という重荷を押し付けて、押しつぶそうとしているだけなんだ。

グレーゲルス　じゃ、あなたはどうすべきだと。

レリング　いつものやつさ。人生の嘘って注射で、元気をつける。

グレーゲルス　人生の嘘？

レリング　見果てぬ夢、発明って幻想が彼の場合はそうさ。あの老人には幻想の狩場。あの熊撃ちの名人は、あの納屋でウサギ狩りをやっている。あのガラクタの間をうろつきまわっているときのあのじいさんほど、幸福な狩猟家は世界中探したっていやしない。じいさんは、枯れたクリスマスツリーを四、五本ため込んでいるんだが、それだってじいさんは、ヘイダルのあのうっそうとした大森林と変わりがない。雄鶏や雌鳥はこずえにいるヤマドリだし、床を跳ね回っているウサギたちは、それこそ、あの大胆不敵な山男が、今まさにしとめようとしている巨大で狂暴な熊なんだ。

グレーゲルス　あの人は若いときの理想が失われてしまったんだ。

レリング　理想なんて気取った言葉はやめたほうがいい。嘘っていう便利な言葉がある、それで充分。

グレーゲルス　理想と嘘は同じだって。

レリング　そう、あえて違いを言えば、チフスと発疹チフスの違いくらい。

グレーゲルス　ヤルマールはそうやって、あんたにだめにされたんだ。あいつはもう一度、今おかれている自分のすべてを、正面から見つめ直す必要があるんだ。今やらないと、あの毒性の沼から一生浮き上がれない。

レリング　あのノガモ一家を、そのままにしておいてやれよ、あれはあれで充分幸せなんだ。人生には嘘が必要なんだ。平凡な人間から嘘を取り上げるってことは、幸せを取り上げるのと同じことなんだ。

（ヘドヴィックが現れる）

レリング　かわいいノガモのお母さん、おじさんはこれから下へ行って、君のお父さんが、まだあのすばらしい発明のことを考えているかどうかを見てくるからね。

（レリング退場）

グレーゲルス　その様子じゃ、まだ何もしていないんだね。
ヘドヴィック　ノガモのこと？
グレーゲルス　いざとなると勇気がくじけた。
ヘドヴィック　そうじゃないわ。何か変な気がしたの。
グレーゲルス　変？
ヘドヴィック　昨日そう言われたときは、そう思ったんだけど、一晩たつといい思い付きじゃないに思えてきたの。

グレーゲルス　なるほどね。やっぱり勇気がくじけたんだ。
ヘドヴィック　おじさん、ほんとにお父さんは帰ってくる？
グレーゲルス　君の目が大きく開いて、人生で何が本当に大切かがわかってくればね。そうすれば、どうすればお父さんがこの家に帰って来るかがわかるんだけど。今こそ、この一家には奇跡が必要なんだ。その奇跡を起こせるのは、君だけだ。でもおじさんはまだ君を信じている。

（グレーゲルス、退場。
ヘドヴィック、そこにしばらくたたずんでいる。
納屋から戸をたたく音。
ヘドヴィック、戸を少しあける。
エクダル老人が現れ、戸を閉める）

ヘドヴィック　おじいちゃん、今日は猟をしないの？
エクダル老人　今日はそういう気分じゃない。

ヘドヴィック　ウサギじゃなくて、他のものを撃とうって気持ちにはならない？
　例えばノガモとか・・・。
エクダル老人　びくびくしてるな、わしがお前のノガモを撃たんか心配なんだ。
　大丈夫、撃ちゃせんよ！
ヘドヴィック　おじいちゃんに撃てる？　ノガモを。ノガモを撃つのって難し
　いっていうから。
エクダル老人　わしに撃てんことがあるものか。
ヘドヴィック　ノガモってどうやって撃つの？　あたしのノガモじゃなくて、野
　生のノガモ。
エクダル老人　胸を狙って撃つ、毛並みとは逆に打ち込む、羽の生えている向き
　じゃだめなんだ。
ヘドヴィック　それで死ぬ？
エクダル老人　死ぬね、間違いなく。

（エクダル老人、去る。

（ヘドヴィックしばらく待ってから、爪先立ちになって、ピストルを棚から取り出す。
ギーナが現れる。
ヘドヴィックあわてて、ピストルを元に戻す）

ギーナ　お父さんのものをかきまわすんじゃないよ。

ヘドヴィック　少し片付けていただけ。

ギーナ　台所へ行って、コーヒーがあったまってるかどうか見てきな。お父さんが帰って来た時、あったかいコーヒーがいるだろ。

（ヘドヴィック去る。
ヤルマールが姿を現す）

ギーナ　おかえりなさい。コーヒー飲むでしょ。

ヤルマール　すぐ出かける。

ギーナ　なんて格好。この冬用に買ったせっかくの外套が台無し。
ヘドヴィック　お母さん、コーヒーあったまってる。（大声を上げて駆け寄る）
　ああ、お父さん、お父さん！
ヤルマール　（追い払う）触るな、あっちへ行け！
ギーナ　ヘドヴィック、自分の部屋へ行ってなさい。
ヘドヴィック　コーヒーは？
ギーナ　コーヒーは、あなた。
ヤルマール　いらん、コーヒーなんかいらん！
ギーナ　お父さん、今はコーヒーを飲む気分じゃないんだって。

（ヘドヴィック、去る）

ヤルマール　本を取りに来たんだ。
ギーナ　何の本？
ヤルマール　最近届いたやつ、科学を特集した雑誌だ、発明に使うんだ。

ギーナ　これかしら、まだ開いてないの。
ヤルマール　ああ、そうだ。
ギーナ　ヘドヴィックにページ切らせましょうか。
ヤルマール　あんなやつに切って欲しくなんかない。
ギーナ　で、ほんとに出て行くつもりなの？
ヤルマール　わかりきったことを聞くな。
ギーナ　そう。
ヤルマール　だってそうじゃないか、こんな家にどうしていられる。しょっちゅう胸をえぐられる思いをして
ギーナ　おじいさんはどうするの？
ヤルマール　連れて行くさ、もちろん。住むところを探さなくちゃな。帽子をしらないか。階段かどこかに落ちてなかったかな。
ギーナ　なくしたの？
ヤルマール　昨夜はあったんだ。ちゃんと被ってた。それが今日は見当たらない。
ギーナ　しようがないわね。帽子がないんじゃ、風邪を引くわ。とにかく体が温

まるものを食べなくちゃ。

（ギーナ去る。
ヤルマール、昨日引き裂いた手紙を見つけ、それを取り上げる。
ギーナが戻って来ると、あわてて、それを下におく）

ギーナ　温かいものをもってきたんだけど、どうかしら。

ヤルマール　この家では何にも食べない。まる一日何にも口にしてないが、そんなことはどうだっていい。ああ、そうだ、ノートも持っていかなくちゃ。今、ちょうど自叙伝を書き始めたんだ。そうだ、日記も持っていかなくちゃ。それから、それから、おれの重要書類はどこにある。とにかくみんな持ち出さないと。あいつ、またあそこにいる。

ギーナ　あの子だって、どこかにいないわけにはいかないわ。

ヤルマール　出て来い！

（ヘドヴィック、出てくる）

ヤルマール　ここはかつておれの家だったが、これからはもうそうではない。だが、おれはもう少しここにいなくてはならない。いろいろやらなくてはいけないことがある。その最後の時間を、赤の他人にわずらわされたくはない。

（ヤルマール出て行く）

ヘドヴィック　赤の他人って、わたしのこと！

ギーナ　ヘドヴィック、自分の部屋にいなさい。ちょっとあんた、箪笥の中をそんなにひっかきまわさないで。入用のものはわたしがちゃんと出してあげますから。

（ギーナはヤルマールのほうへいく。
ヘドヴィックは呆然と立ち尽くしている）

ヘドヴィック　ノガモ！

（ヘドヴィック、忍び足で棚からピストルを取り、納屋へと入っていく。ヤルマールとギーナが戻ってくる）

ギーナ　いきなり全部は持ってはいけないわ。さしあたりは、着替えだけにしておきなさい。

ヤルマール　畜生、なんて面倒なんだ、支度ってやつは。

ギーナ　コーヒー冷めちゃうわよ。

ヤルマール　ふむ。（一口のみ、また一口）

ギーナ　一番厄介なのは、納屋ね、ウサギを飼う。

ヤルマール　ウサギだって、そんなもの持っていけるか。

ギーナ　ウサギがいないとおじいさん、生きていけないわ。

ヤルマール　我慢してもらうさ。おれだって、ウサギ以上に大事なものをたくさんあきらめるんだ。

ギーナ　さしあたってのものって、あとは何かしら？

ヤルマール　余分なものは、持って行かない。そうだ、ピストルだ。

ギーナ　ピストルをどうするの。

ヤルマール　とにかくいるんだ。弾丸の入ったやつ。

ギーナ　あれ、ないわ。確かさっきここにあったはずなんだけど。おじいさんが、中へ持って行ったのね。

ヤルマール　じいさん、納屋か。

ギーナ　きっとそうね。

（ヤルマール、トーストを一切れ、それからコーヒーを飲み干す）

ギーナ　あの部屋貸すんじゃなかったわね。そしたら、あなた、あそこへ越してもよかったじゃない。

ヤルマール　同じ屋根の下であいつと暮らすなんて、嫌なこった。

ギーナ　でも、一日か二日、せめて居間にいてもらえない？　大丈夫、あなたはそっとして、ひとりにしておいてあげる。

ヤルマール　この壁の中じゃ嫌だ。おれはこの家を出て、嵐と吹雪の中を生きていくんだ。

ギーナ　でもあなた、帽子がないのよ。帽子をなくしてしまったのよ。そうでしょう。

ヤルマール　ああ、帽子、帽子、よし帽子は途中で何とかしよう。（もう一切れトーストを口にする。それから盆の上をさがす）

ギーナ　あなた、何を探しているの？

ヤルマール　バターがないかと思って。

ギーナ　ごめんなさい、バターを忘れてたわ。今すぐバターを持ってくるわ。

ヤルマール　いや、いらない、バターはいらない、バターがなくてもパンは食べられる。

ギーナ　でもあったほうがおいしく食べられるわ。ほんとにごめんなさいね、バターを忘れるなんてどうかしてる。（バターを取りに立ち、持って戻る）はい、バター、これはとっても新鮮な出来立てよ。

（ギーナ、夫のカップに新しいコーヒーを入れる。ヤルマールはパンにバターを塗って食べる）

ヤルマール　どうかな・・・あの居間に、誰にも邪魔されずにいられるかな、一日か二日、とにかく絶対に誰にも邪魔されたくはないんだ。
ギーナ　そりゃ、大丈夫よ、わたしが保証するわ。
ヤルマール　出て行くとしても、何もかもすぐというわけにはいかないからね。
ギーナ　それにおじいさんに説明もしなくてはいけないわ。あなたがどうしてここを出て行くのかを。
ヤルマール　あのじいさん、このややこしいいきさつを、ちゃんと飲み込めるかな。ああ、大変だ、何もかもすべての重荷がこの背中にのしかかってくるんだ。
ギーナ　とにかく今日はよしたほうがいいわ。あんなにひどい天気なんですもの。
ヤルマール　この手紙、まだこんなところにあるじゃないか。
ギーナ　そのままにしておいたの。

ヤルマール　おれには何の関係もないがね。
ギーナ　わたしにだってそうよ。
ヤルマール　といって捨てるわけにはいかないし。
ギーナ　わたしがしまっておきましょうか。
ヤルマール　なんといっても、これはそもそもオヤジのものだ。オヤジにどうするかは決めさせないと。
ギーナ　それはそうだわ。
ヤルマール　このままってわけにはいかないな。糊はどこだ?
ギーナ　糊ね。はい、糊はここよ。
ヤルマール　それから刷毛はあるかな。
ギーナ　刷毛ね。はい、刷毛。
ヤルマール　裏打ちをしておかないと。人の財産に手をつけようとは思わない。ましてて文無しの老人のものだ。よし、とりあえず、これでよしと。これはしばらくこのままにして、乾いてからしまってくれ。どうかおれの目につかないところに、わかったな。しまうのは、絶対に、おれの目のつかないところだ。

（グレーゲルス、入ってくる）

グレーゲルス（驚いて）何だ、ここにいたのか。

ヤルマール（慌てて立ち上がる）くたびれはてて、もうへとへとだ。

グレーゲルス　朝飯を食っていたのか。

ヤルマール　そりゃ時には肉体の要求を満たさないとな。

グレーゲルス　それで君はどうするつもりなんだ？

ヤルマール　やるよ。やるに決まっているだろう。今、そのために重要な書類を整理していたんだ。ただ時間がかかるんだ。わかるだろ、そんなことぐらい。

ギーナ　あなた、部屋を片付けるの、それとも鞄をつめるの。

ヤルマール　つめて、それから片付ける。

ギーナ（鞄を持つ）はい、はい、じゃシャツやなんかも入れておくわ。

（ギーナ、退出）

グレーゲルス　ほんとに出て行くのか？
ヤルマール　こんなところにはもういられない。こんな不幸には耐えられない。おれはそういうふうには出来ていないんだ。苦労のない、平和で楽しい生活でなきゃだめなんだ。
グレーゲルス　努力して、これからそういう生活をここに築けばいい。土台はしっかりした。一からやり直すんだ。それに君は発明って使命だってある。
ヤルマール　発明はなしにする。
グレーゲルス　なしだって。
ヤルマール　第一何を発明するっていうんだ。大体のことは人がやってしまっているよ。
グレーゲルス　それが君の生き甲斐じゃなかったのか？
ヤルマール　レリングだ。あのろくでなしがけしかけた。
グレーゲルス　レリングが？

ヤルマール　おれにはその天分があるって、あいつにうまく乗せられた。
グレーゲルス　レリングね。
ヤルマール　それにヘドヴィックが口裏を合わせた。お父さんにならそれが出来るって。その言葉に有頂天になって、ついその気になった。バカだったおれは。おれは信じやすいんだ。特にヘドヴィックには無条件だった。くそ、何もかもヘドヴィックだ。あいつがおれの生涯から太陽をそっくり奪い去ってしまったんだ。
グレーゲルス　何を馬鹿なことを言っているんだ。
ヤルマール　あの子がおれのいきがいだった。あの子が心の底からこのおれを信じ、愛してくれた。それがあったからこれまで何とかやってこられたんだ。あの子がかわいくて仕様がなかった。貧しい暮らしはしていても、あの子がやさしい、かわいい目をぱちぱちさせて飛びついてくる。そのたびに、なんて幸せなんだろうと思ったものだ。口ではいえないくらいあの子を愛していたんだ。ああ、このばか者のお人よしが。あの子は、そんなおれを心の底では、馬鹿にし、あざ笑っていたんだ。おれの中ではその疑惑が取り付いて離れないんだ。ヘドヴィックは、このおれのことなんか本当に愛したことなんかないんじゃないかって。

グレーゲルス　その疑惑なら、きれいさっぱり晴らしてやるよ。ヘドヴィックは君の事を心底愛している。何だ、あれは？　ノガモが鳴いたようだね。

ヤルマール　ノガモがガアガアやってる、オヤジが中にいるんだ。

グレーゲルス　そうか！（喜びに顔を輝かす）今にわかるさ、今に。そのことをたった今証明してみせる。

ヤルマール　どんな証明だ。おれはもう簡単には何も信じない。

グレーゲルス　ヘドヴィックは、どこまでも一途で嘘なんかどこにもない。

ヤルマール　グレーゲルス、問題はそこだ。ギーナとセルビーはここでこそこそ話し込んでいた。それをヘドヴィックはじっと聞いていた。贈り物の手紙のことだって知ってたんだ。そう思える節がある。いや、そうに決まってる。

グレーゲルス　それこそ妄想だよ、君の。

ヤルマール　いや、おれもやっと眼が開いたんだ。あいつにはこんな貧しい写真屋の暮らしなんて、なんてことはなかったんだ。時が来るまで、うまく調子をあわせてただけだ。それなのにおれは、あいつの幸せだけを、ただただひたすら願っていたんだ。ああ忌々しい。そう思うと、心が引き裂かれる思いだ。

グレーゲルス　ほんとにそう思っているのか。

ヤルマール　わからない、何ひとつ信じられない。君はいいよ。そうやって理想の要求なんてものを信じることが出来て。・・・贈り物の手紙、それがまず手始め、そして今度は手にいっぱいの餌をみせつけ、こう呼びかける。お父さんなんか捨てておしまい。こっちにはこんなにも楽しい生活が待っているのよ。そしてヘドヴィックにおずおずこう尋ねる。ヘドヴィック、お前、お父さんのために、その生活をあきらめてくれるかい。ああ、たくさんだ、返事なんか聞かなくてもわかってるさ。

（銃声が聞こえる）

グレーゲルス　（大声でうれしそうに）ヤルマール！

ヤルマール　ああ、またオヤジがウサギ狩りをしているんだ。
ギーナ　あなた。
ヤルマール　ああ、ちょっと見てくる。
グレーゲルス　（興奮して）ちょっと待てよ。あれがなんだかわかるか？
ヤルマール　もちろん、わかるさ。
グレーゲルス　嫌、君にはわからない。でもぼくにはわかっている。あれが証拠なんだ。
ヤルマール　証拠？
グレーゲルス　あの子は、君のお父さんにノガモを撃ってもらった。
ヤルマール　ノガモを撃った。
ギーナ　ノガモを！
ヤルマール　どうして、そんなことを？
グレーゲルス　あの子は、犠牲にしたかったんだ。あの子が持っている一番大事な宝物を、君のために。そうすれば、また君が、きっと自分をかわいがってくれるだろう、そうあの子は思ったんだ。

ギーナ　あの子が！

グレーゲルス　あの子がひたすら願ったのは、君の愛を取り戻すことなんだよ、ヤルマール。君が愛してやらなくちゃ、あの子は生きていけないんだ。

ギーナ　（涙を押さえて）そら、ごらんなさい、そら、ごらんなさい。

ヤルマール　あの子はどこにいるんだ。

ギーナ　今日は一日自分の部屋にいるように言いつけたわ。

ヤルマール　ヘドヴィック、出ておいで、お父さんのところへ来るんだ。いないじゃないか。

ギーナ　外へ行ったのかしら、きっとあんたのおかげで、家にいたたまれなかったのよ。

ヤルマール　もう大丈夫だ、これで万事うまくいく。グレーゲルス、今度こそ、今度こそ、ぼくたちは生まれ変わって、新しい生活を始められる。

グレーゲルス　ぼくにはわかっていたんだ。あの子が救いになるだろうって。

（エクダル老人が軍服姿で現れる）

ヤルマール　お父さん、どうしたんですか。お父さん、納屋にいたんじゃないんですか。
エクダル老人　いいや、わしはずっと部屋にいた。
ヤルマール　じゃ、さっきの銃声は？
エクダル老人　お前はわしを差し置いて、一人で猟をやったのか。
ヤルマール　誰なんだ、さっきの銃声は？
グレーゲルス　あの子がノガモを撃ったんだ、自分ひとりで！
ヤルマール　そんな馬鹿な！（急いで納屋に向かう）ヘドヴィック！　ヘドヴィック！
ギーナ　どうしたの？
ヤルマール　倒れてる！
グレーゲルス　ヘドヴィックが！　倒れてる！
ギーナ　ヘドヴィック！（中へ）どうしよう。どうしよう。
エクダル老人　ふむ、ふむ、あの子も猟をやるようになったのか？

（ヤルマール、ギーナ、グレーゲルスが納屋の中へ入り、ヘドヴィックを連れてくる）

ヤルマール　（狂ったように）ピストルが暴発して、弾が当たったんだ。医者を呼べ、医者を。

ギーナ　（扉まで走って行き、そちらに向かって叫ぶ）レリングさん、レリングさん、すぐ来て、すぐに！

エクダル老人　森は復讐する。

ヤルマール　すぐ気がつく、すぐに、大丈夫、なんでもない。

ギーナ　（戻って来て）どこに当たったの？　血はでていないわ。

（レリングがやってくる）

レリング　どうした？

ギーナ　ヘドヴィックが自分を撃ったらしいの。

ヤルマール　とにかく手当てを。
レリング　自分を撃った！
ヤルマール　大丈夫だよな、すぐに気がつくよな。
レリング　どうしてこんなことに。
ヤルマール　それは・・・。
ギーナ　ノガモを撃とうとしたの。
レリング　ノガモ？
ヤルマール　ピストルが間違って発射したんだ。
レリング　間違ってね。
エクダル老人　森のやつがいよいよ復讐を始めたか。だがわしは恐くはない。

（エクダル老人、退場する）

ヤルマール　おい、レリング、どうして黙ってるんだ。
レリング　弾は胸を貫いている。

ヤルマール　でも、すぐに気がつくよな。

レリング　見れば分かるだろう、ヘドヴィックはもう生きてはいない。

ギーナ　（わっと泣く）ヘドヴィック、ヘドヴィック！

グレーゲルス　沈んでいった・・・うなぞこへ。

ヤルマール　駄目だ、駄目だ、死んでは駄目だ。断じて生かさないと、ほんの少しの間でも。レリング、この子に言わなくちゃいけないんだ。おれがどんなにこの子を愛していたかを。おれは！

レリング　心臓を貫いている。即死だ。

ヤルマール　おれはこの子をけだもののように追っ払った。それでこの子は胸がつぶれたんだ。この子はおれを愛するあまり、死んだんだ。何てことをしたんだ。ああ、もう取り返しがつかない。もう話すことも出来ない、もう抱きしめることも出来ない。神様、どうしてこんなことになってしまったんです。これはあまりにもひどすぎる罰です。

ギーナ　神様に恨み言を言うのは筋違いだわ。きっと、わたしたちには、この子を手元においておく資格がなかったのよ。

ヤルマール　こんなに穏やかな顔で、静かに眠ってる。
レリング　（ピストルを離そうとする）しっかり握り締めていて、とても離れない。
ギーナ　そのままで。指が折れるわ。どうかそのままで。
ヤルマール　そうだ、そのまま持たせておこう。
ギーナ　大事な子を、こんなところにさらしものにしておくわけには行かないわ。手伝ってくださる、あなた。

（ヤルマールとギーナは両側からヘドヴィックを抱える）

ヤルマール　ギーナ、ギーナ、これがおまえに耐えられるか。
ギーナ　お互いに助け合わなくちゃね。なんと言ったって、今は、こうやってこの子は、わたしたち二人だけのものなんですから。
ヤルマール　うん、うん、そうだね。

（ギーナとヤルマールは退場する。
グレーゲルスがドアのほうへと歩いていく）

レリング　誰が何と言おうと、あれは事故じゃないな。
グレーゲルス　誰にもわからない。
レリング　服が火薬で焦げているんだよ。あの子はピストルを胸にしっかりと押し当てて、引き金をひいたんだ。
グレーゲルス　ヘドヴィックの死は無駄じゃない。気がつきませんか。悲しみが、どんなにあの男の中にある崇高なものを呼び覚ましたか？
レリング　死んだものを目の前にすりゃ、たいていの人間は崇高な気持ちになるだろう。そんなもの長続きするものか。
グレーゲルス　いや、一生続くさ。
レリング　ふん、一年と経たないうちに、話のネタになってるよ。
グレーゲルス　ヤルマール・エクダルのことをよくもそんな風に。
レリング　その話は後だ。あの子の墓に草が生える頃にね。その頃になると奴さんは、べらべらしゃべっては、感傷に浸り、自己礼賛と自己憐憫にどっぷり浸かってるだろうさ。まあ、見ているんだな。

グレーゲルス　あんたの言うとおりなら、人生なんてもう生きる価値はないね。

レリング　なあに、人生もまんざら捨てたもんじゃないさ。ただ、その理想の要求なんてものを、相手構わず押し売りするのをやめてくれさえすればね。

グレーゲルス　そうなら、自分の運命がはっきりしてきて嬉しいね。

レリング　失敬だが、それは何かね？

グレーゲルス　十三番目の招かれざる客になるってことかな。

レリング　なんという運命だ！

終わり

○今回の「野鴨」台本作成については、楠山正雄氏、坪内士行氏、竹山道雄、河合逸二氏、森田草平氏、青山杉作氏、矢崎源九郎氏、内村直也氏、原千代海氏、毛利三彌氏などの翻訳を参照させていただきました。

シリーズ・イプセンについて

みんなイプセンを自分の都合のいいように利用している。

イプセンは単純、明快なのに、わざと複雑に難しくしているのではないだろうか。


建物を外から眺める。

その建物は一見変わっていて、いびつであるように見える。

それについて人は、いろいろ分析したり、解釈したりする。

しかし中に入ると、全然違ったものが見えてくる。

外から見ると不自然でも、中に入ると、それがそうであるどうしようもない理由が見えてくる。

第一幕の中で語られるギーナは、一言で言えば悲惨である。

勤め先の主人に強引に犯され、妊娠する。

その男は、自分が策略で陥れ、破滅させた男の息子に彼女を嫁がせる。

その女が一体、どんな人生を生きているのだろう興味津々で待ち受けると、第二幕で登場する当のギーナは、なかなかいい女である。

彼女は最悪を最善に変えようと生きてきた。

そのプロセスが彼女に輝きを与えているのだ。

最初の戦いでナポレオンが敗退しても、ナポレオンは必ず這い上がってくる。

それがイプセンのメッセージである。

ボルクマン（イプセンの最後から二番目の作品の主人公）は常に自分にそう言い聞かせている。

つまり、最初の人生で躓いたイプセンは常に自分にそう言い聞かせて来たのだ。

しかし人生とは最善を目指しながら、より最悪のところへ自分を追い込んで行くものでもある。それでも前へ前へと突き進んでいく。どんなにひどいことになっても、途中でやめるわけにはいかないのだ。

「野鴨」の人々は、一見みんなグロテスクで悲惨である。

しかし中に入ってみると、全然違うものが見えてくる。

例えば、ヤルマールという男の心の動きを辿っているうちに、それが自分自身の心の動きであることに気がついてくる。

グレーゲルスについても、一言一言の言葉を辿っていくと、彼の心に抱えているどうしようもない心の真実が見えてくる。

どんなにイプセンは、注意深く、巧妙にこの二人の救いようのない、どうしようもない男たちを描いていることだろう。

イプセンは等分に自分の内面を、ヤルマールとグレーゲルスに分け与えているのだ。

ヴェルレもまた、同様である。

ヴェルレにはイプセンの父親の影があり、そしてその影はイプセン自身の心の影でもある。

女性たちに関しては、より巧妙である。

特にギーナ！

ギーナはまさに神秘である。（イプセン研究の中ではなぜか、ギーナは平凡でつまらない女、愚かな女の典型と決めつけられている。偉い先生方から見たらギーナはそうなのかもしれない。しかしイプセンは平凡でつまらない女を自分のドラマの主人公に据えるだろうか。そしてイプセンは野鴨の人物たちを、自分の身内のような親しみを覚えると記しているのだ。お偉い先生よ、その辺もうちょっと考えろよなと言いたくもなる）

イプセンにとって女性とは、巨大なる矛盾であり、永遠の神秘だったのではないだろうか。

イプセンほど、女性を見事に描いた作家はいないと思われる。

ギーナやセルビー夫人の一言一言を辿ると、男の前に立ちはだかり、飲み込んでしまう、魅力的な怪獣としての女性という存在が見えてくる。

そして、思う、「ああ、イプセンは人間を書いているのだ」

イプセンの言葉の中には、今、まさに生きている人間がいる。

間違いと罪を犯し続けながら、人生を生きている人間がいる。

そして、思った、そこにはどんな理由づけも必要がない。

それをそっくり受け入れるか、否かのどちらかなのだ。

無人島にどんな本を持って行くという質問があった。

今なら、ためらわずこう答える。

「イプセン」

たまたま、「野鴨」という本を手に取った。

ペラペラとページをめくった。

すると、だんだんに人間が見えて来た。

それから、どんどんとイプセンにのめり込んだ。

チェーホフがイプセンを、「陰鬱で暗くてやりきれない。イプセンには人間に対しての愛情や優しさがない」というふうに語っている。

どうしてイプセンは、ここまで冷徹に人間の心の中の、嘘や欺瞞を暴き立てるのか。

読む前は、そういうふうに思っていた。

だからイプセンやストリンドベリは、避けて通るつもりだった。

最初に「野鴨」を読んで、それから「幽霊」、そして「ヘッダ・ガブラー」と読み進んで行った。

次に「ペール・ギュント」、「ジョン・ガブリエル・ボルクマン」、「ちっちゃなエイヨルフ」「民衆の敵」「ロスメルスホルム」。

これから手掛けようと思うのが、「ブラン」「人形の家」・・・

イプセンに関わっている時間を何といえば、いいのだろうか。

ワクワク、ウキウキ、とにかく楽しいのだ。

どうしてと聞かれたら、心が解き放たれる感じとしか答えられない。

あるいは一見とても手に負えそうにない難しいパズルが、まるで魔法のように、実に見事に解き明かされていく爽快感と言えばいいだろうか。

出てくる人間、みんなお馬鹿である。

ここまで馬鹿かというくらいお馬鹿である。

しかし、そのお馬鹿が、お馬鹿なりに、一生懸命に生きているのだ。

そしてお馬鹿があまりにも人間的で、真実で、そのお馬鹿たちと付き合っていると、不思議に励まされ、慰められ、癒されるのだ。

ようし、おれもお馬鹿でいてやるぞという気分になるのだ。

イプセンを演じる俳優もそうあるべきだと信じている。

いや、イプセンは演じるべきではない。

一緒に駆けるのだ。

なりふり構わず、心をイプセンの言葉にゆだねて、一緒に駆けるのだ。

イプセンの言葉は、きっと俳優の心を解き放ってくれるだろう。

それを観客に見せるべきなのだ。

イプセンは普遍を書いている。

外から見ればイビツで、特殊だけれど、中に入れば、そこにあるのは人間誰もが抱えている普遍である。

イプセンは役を書いてはいない。

だからイプセンには演じるべき役はない。

そこにいるのは役ではなくて、人間である。

人間の代表と言うべきだろうか。

だとすれば、それを演じる俳優も人間の代表でなくてはならない。

どうすれば、人間の代表になれるのか。

それにはイプセンと同じことをするしかない。

つまり、率直に自分がどんなに馬鹿なのかを告白するのだ。

そしてその人物たちと同じように、舞台の上で、間違いを犯し、罪を犯し、それでもなおおかつ生き続ける。

俳優は自分の思考を通して、その人物を生きるしかないのだ。

そうすれば、心の中に堆積した間違いや罪が、解き放たれ、浄化するだろう。

それがイプセンの芝居の構造のように思えるのだ。

このシリーズ・イプセンはわたしの心が体験したイプセンである。

そして、イプセンの中に入って、見たままの光景である。

登場人物の省略、セリフの入れ替え、また意味の取り違えなどかなり好き勝手にやってしまった。

そういう意味では、きっとイプセンの専門家の方から見れば、許し難い代物かも知れない。

しかし、これは学術的なものではなく、あくまでも個人的なものである。多くのイプセンの中に、こんなイプセンをこっそり紛れ込ませてしまった。そう思って何とか大目に見ていただければ幸いである。

「野鴨」についての考察

「生きるとは自らのうちに潜むもろもろの暗き力と闘うことだ。そして試作するとは、おのれ自らの上に審判を下すことだ。すべての作品は私にとって、精神の解放と浄化を目指している」

「わたしは、わたしたちが今使っている言葉で、自分の戯曲を書きたいのだ。神々の言葉で自分の登場人物を語らせたくはない。しかしなおかつ、わたしはギリシャ劇の作家やシェイクスピアのような悲劇を作り出せないかと思っているのだ」

「しかしいかなる詩人も、孤立の中で生き抜くことは出来ない。生きるということは、同じ時代を生きる沢山の同胞と共に、さまざまな問題を共有して生きているということだ。もしそうでなかったら、書き手とそれを受け取る者との間の理解の橋はどうなるだろうか」

これはイプセン自身の言葉である。

そして、この言葉が、「野鴨」という作品を読む解くキーワードのように思う。

レリング　誰が何と言おうと、あれは事故じゃないな。

グレーゲルス　誰にもわからない。

レリング　服が火薬で焦げているんだよ。あの子はピストルを胸にしっかりと押し当てて、引き金をひいたんだ。

グレーゲルス　ヘドヴィックの死は無駄じゃない。気がつきませんか。悲しみが、どんなにあの男の中にある崇高なものを呼び覚ましたか？

レリング　死んだものを目の前にすりゃ、たいていの人間は崇高な気持ちになるだろう。そんなもの長続きするものか。

グレーゲルス　いや、一生続くさ。

レリング　ふん、一年と経たないうちに、話のネタになってるよ。

グレーゲルス　ヤルマール・エクダルのことをよくもそんな風に。

レリング　その話は後だ。あの子の墓に草が生える頃にね。その頃になると奴さんは、べらべらしゃべっては、感傷に浸り、自己礼賛と自己憐憫にどっぷり浸かってるだろうさ。まあ、見ているんだな。

グレーゲルス あんたの言うとおりなら、人生なんてもう生きる価値はないね。

レリング なあに、人生もまんざら捨てたもんじゃないさ。ただ、その理想の要求なんてものを、相手構わず押し売りするのをやめてくれさえすればね。

グレーゲルス そうなら、自分の運命がはっきりしてきて嬉しいね。

レリング 失敬だが、それは何かね？

グレーゲルス 十三番目の招かれざる客になるってことかな。

レリング なんという運命だ！

さて、この部分が、「野鴨」の最後の件《くだり》である。

レリングはヘドヴィックの死を、事故ではなく、事件だと断言する。

「外的な悲劇すなわち事件は、内的な発展によって育むまれていく。内的な発展は膨張し続け、結果その必然的な帰結として、その象徴的な体現として、事件は起こるのだ。それが偉大な作家のドラマツルギーである」

これは、十九世紀のドイツの劇作家オットー・ルートヴィッヒの言葉だが、イプセンが「野鴨」で試みたのは、まさにこれである。

イプセンは悲劇を書きたかった。

そして悲劇とはイプセンにとって、「精神の解放と浄化」をもたらすものである。

グレーゲルス　ヘドヴィックの死は無駄じゃない。気がつきませんか。悲しみが、どんなにあの男の中にある崇高なものを呼び覚ましたか？

「悲劇」とは人間の心に崇高なものを呼び覚ますべきものなのだ。

そして、演劇とは同時にレリングの言うように、そんなものはほんの一瞬、人間の心に宿るだけで、劇場を出ればすぐに霧散してしまうものでもある。

イプセンは、極めて注意深く、罪の体験をこの「野鴨」で書いている。

登場人物のすべてが、ヘドヴィックの死の当事者である。

誰もがその死を避けようと努力するが、誰もがその死を結果的には促進する。

イプセンのドラマツルギーは、罪の体験である。

もう一つイプセンの言葉を引用しよう。

「わたしがただただ描きたかったのは人間である。他の目的のために筆を取ったことはない。わたしはいつも一人の詩人だった。そしてわたしの意図したのは、人生の描写である」

また、こういうふうにも。

「わたしが成熟してから書いた殆どすべての作品において、わたし自身の個人的な体験が塗り込められている」

つまり、ここに登場する人間たちは、みんなイプセンの内面と地続きだということだ。

そして同時に、その内面は俳優の心とも地続きとなり、また観客の心とも地続きである。

それがつまりイプセンの意図したことなのだ。

「同じ時代を生きる沢山の同胞と共に、さまざまな問題を共有して生きている」

それがイプセンのドラマツルギーなのだ。

イプセンの描く人間たちは、常に曖昧模糊としている。

俳優に演じるべき役を、わざと捉えられないように描いているのだ。

俳優がその人物を演じようとすれば、自分自身の人生の過去と現在を重ね合わせ、自分の思考で、その人物の人生を辿るしかないのだ。

自分をその舞台に上に存在させ、まさにその時に起こった感情とその瞬間を生きることが要求されるのだ。

イプセンは俳優に言葉を与えている。

言葉とは、心で起こったことである。

そして、その言葉にはイプセン自身の真実の体験が込められている。

俳優はその心の体験抜きにして、その言葉はしゃべれない。

十六歳の時、故郷と家族を捨てたイプセンは、一生故郷も家族も省みることはなかった。

「欺瞞の上に築かれた結婚生活が、どんなに精神を荒廃させ、惨憺たる結果を招くかを、さんざん見て来たんだ」というグレーゲルスの台詞は、まさにそういう家庭の中にあったイプセン自身の言葉である。

ヘドヴィックは、イプセンにとって、たった一人心の交流があった妹の名前である。

グレーゲルスは、ヘドヴィックを自分と二重写しにして、何とか、彼女を救い出そうと考え、ヘクダル一家の大改造を試みる。

そしてイプセンは、十三番目の客として、社会に対して、自分自身に対して、常に真実の要求を突きつけ続けた。

また、一方では、そのグレーゲルスに対して、いかがわしく、煙ったく冷ややかな目を浴びせるレリングが、イプセンの中にいるのだ。

そしてわたしたちはヤルマールである。

誰が自分のことをヤルマールでないと言えるのだろうか。

ありとあらゆる人間的な欠陥を抱え込んだヤルマール。

生きるということは、間違いと罪を犯し続けることである。

イプセンはヤルマールを決して否定していない。

ただ、ヘドヴィックの死を通して、断罪しているだけである。

人間には悲劇が必要なのだ。その罪を洗い流すために。

幼い頃、イプセンは母親と他の男との間に出来た不倫の子供だという噂を耳にし、それが一生心の傷として残った。

イプセンは、ギーナという存在を通して、そのことを問い質したかったのではないだろうか。母親を再び受け入れるために、ヘドヴィックの死を突きつける必要があったのだ。

「野鴨」という作品を書いた意図は、その辺りにもあったように思える。

そしてイプセンは、十八の時に、店で働いていた女中との間に子供を作る。かなり冷淡にその関係を絶っているし、その子供に対しても殆ど関心も示さず、援助もしていない。

つまりイプセンはヴェルレでもあったわけである。

ヴェルレは強大な心の闇である。その闇の奥にあるのは、孤独である。そしてその孤独の先にはヘドヴィックがいる。

イプセンは、ヴェルレがヘドヴィックのことをどう考えているのかは一切書いていない。

ただ、手紙の宛名をヴェルレ自身が書いたとヤルマールに語らせている。

また、セルビーを通して、ヴェルレはヘドヴィックを取り戻すつもりだとも。

では、ヴェルレもまた、ヘドヴィックの死によって激しく断罪される一人である。

ヴェルレの罪の担い手であるセルビー夫人は？

どうもそのセルビー夫人は、イプセンの妻であるスザンナの影があるように思われる。

イプセンが、頭があがらなかった生涯の伴侶。

彼女はある時期から、イプセンとの性交渉を拒絶したと言われている。

そのスザンナに「野鴨」の進行状況をこのように手紙で書き送っている。

「六時半に起床、三十分後に部屋で食事、それからしばらく外へ出て、九時から午後一時まで執筆。それから昼食。午後も少し書く。第二幕は、五、六日中にできるだろう」

おそらく、夫人はパートナーだったのだろう。ヴェルレとセルビーのような。

そしてイプセンの心は、常に外へ向かって、愛を求め続けた。

「わたしのあらゆる戯曲は、わたしが辿ってきた人生の路において、ある定めたる一つの点に足を留めた時、自然かつ必然的に生れた結果である」

イプセンにとって書くとは、自分の中のドロや垢を吐き出す行為である。

そして彼は自分の中の闇と対峙し、それを見つめ続けた。

イプセンを演じるということは、つまりはそういうことである。

心の中に多くの堆積物を溜め込んでは生きていけない。

それを吐き出し、洗い流さなくてはいけない。

そのために、ヘドヴィックの死は必要だったのだ。

ヤルマールも、グレーゲルスも、ギーナもセルビーも、ヴェルレもレリングも生き続ける。

感傷と、自己礼賛と自己憐憫を糧として。

イプセンは人間を舞台の上の乗せたかった。

人間の心の闇を。

生きている時間に従って、その闇は段々に膨らんでいく。

その闇こそ、人間にとって普遍である。

そういう意味では、ヤルマールも、グレーゲルスも、ギーナもセルビーも、ヴェルレもレリングも一つのキャラクターではなく、沢山の人間の代表である。近代俳優術とは、役を分析し、理解し、それをいかに自分のものにするかを課題としている。

しかし、イプセンはその演じるべき役を、ぼんやりとした霧で包んでしまった。イプセンを演じるとは、その霧の中に入り、手探りで、その迷宮を彷徨うことである。

役を捉え、演じるということでは、イプセンの世界は成立しない。演じることよりも、存在することをイプセンは俳優に要求する。俳優がその役を独り占めすることは許さない。

心の闇はイプセンのものであり、またそれを演じる俳優のものであり、そしてそれを見守る観客のものである。劇場中がそれを共有することを意図して、イプセンはドラマを書いているのだ。俳優は、まさにその瞬間心に起こったことで、しゃべり、行動する。そしてまた、観客も自分の思考を最大限使うことを要求される。

その果てにヘドヴィックの死がある。

つまり、劇場中が、その罪の当事者である。

そして、イプセンは、神々の言葉ではなく、今の言葉での悲劇を作り出そうとしたのだ。


「演劇の精髄は一つの芸術、演技と詩との結合にある」


これも、ドイツの劇作家オートー・ルートヴィッヒの言葉である。

わたしはこれほど、演劇についての本質を語った言葉を知らない。

この短い言葉は、演劇とは何かを言い尽くしているように思える。

詩とは、それを産み出した詩人の人生のエッセンスであり、その背景にはその人間の人生そのものが横たわっている。

その詩と、俳優の人生が出会い、火花が散る。

その火花こそ、演技である。

その火花は観客の心をスパークさせる。

そして劇場中の心が一瞬、その言葉を共有する。
イプセンは「野鴨」で、一人の少女の死を描いている。
それは事故ではなく、事件である。
観客もその罪の当事者となり、自らを断罪することで、浄化される。
それが「野鴨」の構造であるように思われる。

イプセンとチェーホフ

手塚とおる

イプセンの「野鴨」を読んでびっくりしたのは、イプセンってこんなにも面白いのかってこと。

それまで、イプセンというのは眼中になくて、むしろチェーホフだった。でも、初めて「野鴨」を読んだ時、「かもめ」や「三人姉妹」よりも全然よく書けている、とにかく人がよく書けていると思った。それで、こりゃ面白い、ぜひやってみたいと思った。それが「野鴨」を引き受けたきっかけ。

でもやるまで、なんでそうなのかが実はよく理解出来ていなかった。稽古でしゃべりながらやっているうちに、ちゃんとありのまま書いてあるし、心に起こったことをそのまま映しだしたドキュメンタルな感じが自分の体で確認出来た。

演劇に対してぼくは昔から思っていたんだけど、作家が込めたメッセージがあって、そのメッセージがお客に伝わり、作家ないし演出家が伝えたいメッセージをお客が家に持って帰るという連係をあまり信用していない。そんなことを思って演劇を創っていると足元を掬われると。

むしろ演劇って、森に入っていって、川が流れていて、その水を追ったりしたり、きれいな葉っぱがゆらいでいて、風を見たり、という感覚で見られると面白いと思っていた。すると演劇は、森に行って、川の流れを見て癒されるとか、木を見て癒されるとか、そういうのと同じ感覚が持てるんじゃないか、イプセンの本ってそれに近かった。だから、タニノさんの演出した舞台に本物の木があったのは正解だったように思う。

チェーホフってもっと人工的だったり、教育的だったりする。

ぼくの場合、役を演じるというのは、その人物の中に入るというより、その人物の内側から演劇を見るという感じかな。役に入ってしまうと外のものが見えてこなくなってしまうけれど、内側から書かれた言葉をしゃべってみるとそこに構築されてくる手ごたえが体感出来る。

ぼくはチェーホフもやったのだけど、イプセンには、この順番じゃなくちゃ駄目だなという感じとか、この言葉でしかないんだ、この言葉を言っちゃいけないんだ、そういう発見がすごくあった。チェーホフって発見がそんなにないんですよ。何でそうなのかが、いまいちわからないところがある。

イプセンってとっても人間的な感じがするんですよね。言葉って包帯の役目をしているところがあると思う。傷口を隠している。それを劇作家はセリフとして書くときには、その包帯を取っていく。チェーホフって、それ取らないでほしいって思うのも取ってしまうんだけど、イプセンはそこがすごくデリケートで、剥がしながらも、ちゃんと傷口を癒しておいてくれる、それを同時にやっているところがある。そこがとても人間的な感じがする。

言葉の中に自分の身体を置いてみる。そこから何が出てくるか。川は川であって、山は山であって、それを無理に作ろうとしてもそれは川ではないし、山ではない。

役を作るって考え方はしない。役なんて作ることは出来ないと思っている。イプセンを演じるなら、イプセンの言葉の中には生きた生な感情がある。役を作ったら、それは作りものの感情で、だとすると自分の中にあるものを持って来て、移し替えるしかない。やっぱり役者って俗物で芸術家ではなくて、弱い人間だから、演じないようにしようと思っても、演じないようにしようとすることを演じたりするところがあって、そこがイプセンとかをやる時のテーマだったりする。かといって西洋人がそれを出来てるかといえば、西洋人の方がもっと出来ていないこともあったりして。

ヤルマールをやっていて、ああこういう身体になるんだなあという時が結構あった。それは本が偉大というか優れているからで、優れてない本って演じないといけない状況に置かれてしまう。そうなると舞台の上から演劇ってどんどん消えていって、テレビや映画のまねごとみたいなものしか浮き上がってこなくなって、全然ドラマティックでなくなってしまう。ドラマティックっていうのは舞台だけのものと思っていて、柄本明さんのような優れた俳優がそういった優れた言葉と出会って、そこで何が起こるかを舞台で見せていかないと、日本の演劇ってどんどんテレビ化していってしまう。

イプセンとチェーホフの違いって、イプセンは人生で、チェーホフは芝居って感じかな。

例えばヤルマールがひとつの選択を変えてたとするじゃないですか？　娘のこ

とに関して、妻のことに関して、どっかを変えたとしても、多分ヤルマールはあの結末になっていく人物で、あの結末というか多分あれはイプセンの中では結末ではなくて、過程でしかない。

でも、あそこの過程を経て、ヤルマールの人生はあるという風に考えている。だから、あそこには、絶対ヤルマールは行き着かなければいけない。

その為の選択を、イプセンは色んなものを用意していて、それでヤルマールはそれを一個一個超えていった時に、結局ああいうラストシーンが用意されていたと思うので、多分、あれはヤルマールの行き着く先というのはあそこしかなかったのではないかと思う。

なんでこうなるの、と疑問を持ってしまうと、多分そこでストップしてしまう。イプセンが書いているものは現象なんだから。

一つ一つはたいしたことではない。それがそうじゃなかったとしても、そうであったとしても、その行為をした人間にとっては何てこともないこと。単にその人間が生きていて、家庭を築いていて、何かをした時には、そうなってしまった、ということを書いているわけだから。どこでどうなったのかという事を、大きいことにしようが小さいことにしようが、ショッキングなことにしようがそれ程ショッキングでないことにしようが、その一つ一つは、「野鴨」の登場人物にとってはさほどたいしたことではない。

そもそも、あそこで行われている現象の中で生きている人間というのは、ああ選択したんだよと言う所が多分あそこにあるので、すごく絵画みたいに、なぜこの人間はここにこうやって座っているのか、と言うことを聞かれても、ただここに座っているからだよ、というのと一緒で、そこにあるものをたまたま書いてきていて、そこで行く先がその後の芝居に全部繋がっていくが、その後どうなったんだろうと必ず思わせる芝居がイプセン。

そこは多分、イプセン自体は、その後どうなったか分からないよと言うことを書いているので、途中から途中までの人生の事を書いている。その中で遮断されている人生もある、死んでしまう人生もある。

そこで死んでいく人生というのは決まっていて、そこの周りにいる人間はそういう選択をしたけど、これからもそう選択するか、はたまた同じ事を繰り返すのか、それは分からない。

それはそうでも、人間ってそうでしかないということを書いていて、多分イプセン自身もそうやって生きていたと思うし、そこがやっぱりイプセンのすごいところで、遮断されていく人間が、例えばチェーホフだったら「かもめ」がそうだけど、遮断していく人間もいるんだけれども、それをどう選択したかと言うところで終わっていく途中経過なんだけれども、あれは明らかにイプセンの影響だと思うし、それまでの演劇って多分結末を問う、それぞれの人間がどういう結末を迎えるのか、ある程度の自分の中の指示器を出させて終わらせるというラストシーンがあった時に、イプセンが　バサっと切った時に、この人物は果たして良い人なのか悪い人なのか、馬鹿なのか利口なのか、とかそういうところまでもバッサリ切ったところで終わっているというのは、チェーホフにとっては、もの凄く影響を受けたところ。

そう考えると、チェーホフが「かもめ」でトレープレフをああいう風にして殺していくところに必然性をあんまり感じない。役として、トレープレフが死ぬのは十分な理由がある。でも「野鴨」でヘドヴィックが死ぬのは、他の選択の余地がないくらい自然、気がついたらその扉が目の前にあって、ヘドヴィックは自分の運命としてその扉を開く。でもトレープレフの死は、ちょっと引いてみると、別に死ななくてもいいように思える。つまり「かもめ」という芝居の幕切れに必要だからトレープレスは死ぬというふうに思えるところがある。でもヘドヴィックの死は、社会的な事件、演劇という枠組みでの死ではあるけれど、同時に現実的な死としての重みがある。

そこが、イプセンが人生を舞台に乗せ、チェーホフが演劇を舞台に乗せと思う所以。だからぼくは、イプセンの方が人間に対しての愛情が強いと感じてしまう。

そう思うと、「三人姉妹」で、モスクワへ行こうと言う最後の下りのところも非常に嘘っぽい。取ってつけたような気がしないでもない。

チェーホフは、ああやってお芝居で終わらせてしまうところに、非常に残酷なものを感じる。でも、イプセンはそこにちょっと愛情がある。

イプセンは生きていくってことを書いている。人間は生き続けるってことを。

それに比べて、チェーホフは幕切れを書いている。

それからイプセンは生きた人間を舞台に乗せている。

つまり人生は予期せぬ出来事なんだよね。舞台の上に予期せぬ出来事を作り出そうとしているんだよね。

イプセンはリアリズム演劇と言われるが、リアリズムとは良く考えてみたら、予期せぬことだったりする。でも、今の西洋演劇とかに蔓延しているリアリズム演劇と言うのは、予期されていることなんだよね。日本の演劇もそうだけど。

実際のリアルなことと言うのは、もの凄く予期せぬことが起こってくることであって、そこがリアリズムであって、ひょっとしたら日常よりも夢の方がリアリズムだったりするのかも知れなくて、そういう風に物語を作っていくと言うことが、やっぱりイプセンのすごさなのかも知れない。

イプセンがリアリズム演劇と言われているのはそこだと思う。ただ、西洋演劇的なリアリズム演劇と思って読むと、全然違うと思ってしまう。イプセン自体はそのような気持ちがあったのではないか?

とにかくすごい作家だ。

「野鴨」って、あの当時でも今でもどこにでもある話だけど、そこには大きな必然が渦巻いていて、そこに巻き込まれると、いつのまにか戦場にいるって現実と対面してしまう。

で、自分はその戦争の被害者であるつもりが、加害者であることに気づかされる。で、それを避けることが出来たかと思って、いろいろなことを思い出して、吟味しても、結局、そこに行きついてしまう。

ヘドヴィックの死には、全員が加担している。

観客は、今そこで行われていた芝居と同じ土壌に立たされる。（談）

笹部博司の演劇コレクション
イプセン編01

野 鴨

2008年10月25日　初版発行

著者　笹部博司

発行者　笹部博司

編集　オフィスサラ

発行所　メジャーリーグ
東京都豊島区南大塚3-6-5 第2市川ビル3F（〒170-0005）
TEL 03-5949-4690
http://www.majorleague.co.jp

発売所　星雲社
東京都文京区大塚3-21-10（〒112-0012）
TEL 03-3947-1021　FAX 03-3947-1617

印刷・製本　ツーネット

ISBN978-4-434-12287-3